Cécile Pommereau

Kévin

NOIR D'ABSINTHE

Illustration : Tiphs
Maquette : Jeanne Sélène
Relecture et corrections : Anne Ledieu

Éditions : Noir d'Absinthe
Imprimé par BoD – Books on Demand, Norderstedt
ISBN : 978-2-490417-83-4
Dépôt légal : Septembre 2022

Avec le soutien de la Région Bretagne et de Rennes Métropole.

« Leave her alone ! »
un fan

Chapitre 1

Matthieu avait eu un simple coup de chance. Qui aurait cru que la petite compagnie de développement dans laquelle il avait investi le mettrait à l'abri du besoin pour le reste de sa vie, à tout juste trente ans ?

Qui aurait cru qu'il se ferait tant d'amis sur ce coup de poker ? Qui aurait cru que ses parents lui reprocheraient son nouveau train de vie, les villas, les yachts, les femmes ? Qui aurait cru que ses plus anciens amis finiraient par retourner à leurs petites vies mornes, à leurs horaires de bureau et à leur femme qu'ils sautaient une fois par mois ?

Comment aurait-il pu prévoir qu'à trente ans, en misant sur le bon cheval, il deviendrait si malheureux ?

Avec le peu de bon sens qu'il lui restait, Matthieu avait décidé de se retirer du monde. Pas trop non plus, à Paris : il tenait à son confort. Et quoi de mieux que le centre de la France et sa foule anonyme pour se faire oublier ?

Il avait acheté un appartement en plein cœur de la capitale, et s'efforçait de retrouver une vie normale.

Il en avait eu l'idée en lisant le *best-seller* » *Le Bonheur, ici et tout de suite* ». Autrefois, il se serait moqué de l'ami qui aurait eu ce genre de livres dans sa bibliothèque : il considérait le monde du développement personnel comme un nid de charlatans. Mais aujourd'hui, qui était-il pour refuser un peu de bonheur servi sur un plateau ? Et surtout, qui irait se moquer de lui, maintenant qu'il était seul ?

« Votre vie est un sac à dos, et chacune de vos possessions est rangée dedans. Faites le vide, et voyagez plus léger »

Chapitre 1 page 5

Matthieu avait emménagé une semaine plus tôt. Il avait fait une croix sur le jacuzzi, n'avait gardé qu'une seule télévision et avait investi dans une solide bibliothèque pour se tenir occupé pendant son ermitage.

Le jeune homme était décidé à faire peau neuve. Perdre ses mauvaises habitudes. Se retirer du monde, oui. Sombrer dans l'oisiveté, non. Il se forcerait chaque jour à cuisiner ses repas, faire du sport et si la télévision était une tentation certaine, une fenêtre sur le monde, il ne comptait y céder que le soir à l'occasion d'un film. C'était en tout cas le plan. Que son appartement soit le cocon dans lequel la chenille se transformerait en papillon. Sa forteresse de solitude.

Ah… il avait fière allure, Superman. Comment faire pour que ses slips rouges ne déteignent pas sur ses T-shirts blancs ? Et la cape, c'était un lavage à 30° ? Linge délicat ?

Après avoir déballé son dernier carton, balayé la dernière lame de parquet, il s'était lancé dans sa routine. On n'avait jamais vu personne depuis les youtubeuses beauté faire preuve d'autant de motivation à l'idée de répéter chaque jour les mêmes rituels. *Un jour sans fin*, la marmotte en moins.

Confortablement installé dans son fauteuil en cuir, il entreprit de lire le journal de la veille.

Matthieu lisait le canard depuis qu'il était enfant. Savoir ce qu'il se passait dans le monde lui donnait l'impression de mieux contrôler le sien.

« La connaissance et l'information sont la clé du pouvoir »

Chapitre 3, page 25

En gros titre, le journal annonçait le suicide de Jenny, la plus grande star de la pop française.

Le jeune homme eut un pincement au cœur. Sa génération avait traversé l'adolescence bercée par les titres de la chanteuse. Matthieu avait fredonné « *Kiss me like a lady* » pendant plusieurs semaines à la sortie du single. Il avait donné son premier baiser sur « *Hirond'elle* », et avait écouté « *Kill me à petit feu* » en boucle quelques jours après, à sa première rupture.

Une quinzaine d'années plus tôt, la chanteuse avait dégoupillé. L'alcool et la drogue avaient sûrement eu raison de sa psyché fragile et elle était tombée dans une profonde dépression. Elle s'était rasée le crâne entre deux cures de désintox et n'avait plus fait parler d'elle pendant trois ou quatre ans. À l'époque, Matthieu avait trouvé son comportement déplorable. Elle avait tout : l'argent, la gloire, la célébrité, et se permettait encore de dire qu'elle allait mal. C'était indécent.

S'il avait su…

Le jeune homme aspira bruyamment une gorgée d'un café trop chaud. Le gros titre avait eu le mérite d'éveiller son intérêt et il se redressa pour lire les colonnes sous la photographie de la chanteuse.

La journaliste rappelait les tubes qui avaient fait le succès de Jenny, le montant de sa fortune et la manière dont son corps avait été découvert par son agent.

Plus loin l'article mentionnait la lettre laissée par l'artiste, évoquant ses dernières volontés.

— Et ben voilà, même dans la mort, elle continue à donner des ordres plutôt que de dire adieu à ses proches, marmonna Matthieu.

À cet instant un grand fracas résonna dans la bibliothèque. Matthieu sursauta et bondit sur ses pieds par réflexe, renversant un demi-mug de café sur son parquet. Un peu perdu, il mit quelques instants à aller voir ce qui se passait. Tout était en ordre dans la bibliothèque, à l'exception de l'étagère supportant sa collection de polars. Les romans jonchaient le sol, écrasés sous le poids du meuble renversé.

— Et merde, grogna-t-il en redressant l'étagère.

Chapitre 2

Le jeune homme rangeait toujours ses romans en les empilant minutieusement par collection. Matthieu avait beaucoup de défauts, mais il était soigneux. Il avait pris un temps infini à aménager sa bibliothèque. Il aurait remarqué si le meuble avait été bancal. Il ne comprenait pas comment l'étagère avait pu tomber toute seule.

Il retournait le problème dans sa tête depuis quelques minutes lorsqu'un courant d'air lui caressa la nuque. Matthieu sentit un désagréable picotement à la base des cheveux et une porte claqua, lui arrachant un nouveau sursaut. *Comment pouvait-il y avoir un courant d'air dans un appartement dont les fenêtres n'étaient jamais ouvertes ?* Matthieu soupira et se frotta les yeux. Il avait perdu l'habitude de vivre seul et était bien trop sur le qui-vive. Le moindre bruit inconnu le rendait nerveux. Il s'exhorta au calme, en respirant lentement.

C'est comme quand tu étais gosse et que tu te forçais à remonter l'escalier de la cave en marchant alors que tu aurais voulu prendre tes jambes à ton cou. C'est dans ta tête. Il n'y avait aucun danger à cette époque, et il n'y en a pas plus aujourd'hui.

Un nouveau bruit. Dans la chambre cette fois-ci. Comme une plainte. Non, des pleurs, plutôt.

Peut-être était-ce un problème de plomberie ? Ou bien la vieille folle qui squatte parfois devant l'entrée de son immeuble pour insulter les gens ? Si ça se trouve, elle s'était réfugiée chez lui ?

Matthieu frissonna. Les vieux, et plus particulièrement lorsqu'ils perdaient la boule, le terrorisaient.

Il s'arracha de sa pile de livres avec réticence et marcha à pas de loup jusqu'à l'origine du bruit. Les pleurs venaient de sa chambre. L'oreille collée à la porte, il guetta. Pas de doutes, quelqu'un se trouvait bien à l'intérieur.

— Et merde, souffla-t-il pour la seconde fois de la soirée.

Une main sur la poignée, l'autre tenant une charentaise, le bras armé, Matthieu s'apprêtait à entrer brusquement dans sa chambre pour déloger l'intrus.

Lorsqu'il surgit dans la pièce, le vacarme cessa. Il jeta des coups d'œil tout autour de lui, mais il était bel et bien seul. Ses draps étaient aussi dérangés que lorsqu'il avait quitté son lit plus tôt, ses placards étaient toujours autant en bordel, mais rien ne semblait avoir été déplacé.

Matthieu colla son oreille au radiateur. Il entendit l'eau des canalisations, sans aucune bulle d'air pour venir en troubler le cours.

Le jeune homme s'assit sur son lit, soudain las. Pourquoi fallait-il qu'il devienne fou, quand justement il essayait de prendre un nouveau départ ? Allait-il payer de la plus horrible manière ses excès des derniers mois ? Il savait bien qu'il n'aurait jamais dû tenter le LSD ce jour-là à Ibiza.

Matthieu se souvint que lorsqu'il avait une dizaine d'années, il faisait souvent le même cauchemar. Il se trouvait dans un supermarché bondé avec ses parents et les perdait de vue. Plus il les cherchait, et plus il lui semblait qu'il devenait seul. Comme si les autres clients profitaient qu'il ait le dos tourné pour disparaître par dizaines. Le magasin finissait par devenir parfaitement désert et Matthieu se ruait alors sur le parking, vide, lui aussi. Le silence assourdissant le percutait de plein fouet et il se réveillait. Il était si chamboulé à son réveil que seuls les bras de sa mère parvenaient à l'apaiser.

À l'évocation du souvenir, Matthieu comprit soudain que sa plus grande peur était devenue sa réalité. Sa gorge se serra : même au milieu d'une foule, on peut se sentir seul. C'était maintenant une certitude

Épuisé, il s'allongea sur son lit. L'oreiller était humide comme s'il y avait pleuré un peu plus tôt.

— Ah ben la voilà la fuite, songea-t-il, avant de s'endormir.

***

ISSMI ANLAISSIEU EUTCHMI AECLEZIEU ILLMI ATIFEU IOUNO IOUNO JEU TEUVEU

Le réveil affichait 00h58 lorsque la voix désincarnée tira Matthieu de son sommeil. Il ouvrit grand les yeux, le souffle court.

La litanie, lente et gutturale semblait sortir tout droit des enfers et l'air vibrait tout autour de lui. Le jeune homme serra les poings sur sa couverture qu'il remonta jusqu'à son menton.

Figé dans son lit, il attendit que le vacarme cesse. Il n'avait de toute manière pas le courage de faire autre chose. La mélopée cessa tout à coup à 00h59.

C'était sûr. Matthieu perdait la tête. Assis sur le bord de son lit, il se frotta la nuque pour essayer de faire passer son malaise. Que faire quand on est hanté par ses propres démons ?

Toc, toc, toc. Le jeune homme se redressa. Un voisin venait sûrement se plaindre du raffut. *Bonne nouvelle* ! Il n'était donc pas le seul à avoir entendu ! Il lui restait peut-être encore un brin de santé mentale !

Toc, toc, toc. À moins qu'il n'imagine aussi les coups frappés à sa porte ?

Toc, toc, toc. Il se leva pour en avoir le cœur net.

Comme pour confirmer ses craintes, il ne trouva personne sur le palier.

Toc, toc, toc, toc, toc, toc, toc, toc. Le bruit venait de sa salle de bain. Allons bon ! Quoi encore ?

Toc, toc, toc, toc, toc, toc, toc, toc, toc. Les battements de cœur de Matthieu s'accordaient à l'écho des chocs, à mesure que ceux-ci s'accéléraient. Avec lenteur, il ouvrit la porte de la salle de bain.

Boum, boum, boum. Sous son lavabo, un carreau légèrement descellé vibrait au rythme de coups frappés, comme une porte sur laquelle se serait acharné un groupement entier du GIGN. Saisi, Matthieu ne parvint qu'à s'asseoir dans la salle de bain, dos au mur, fixant la céramique, dernier rempart entre lui et cette chose qui tentait de sortir.

Il en aurait pleuré de se voir sombrer ainsi. Il avait peur. Peur de mourir, peur d'avoir mal, de devenir aussi fou que la vieille en bas de son immeuble qui le faisait changer de trottoir. Qui s'occuperait de lui, s'il n'était plus en mesure de le faire ?

BOUM BOUM BOUM BOUM. Cette chose paraissait vivante, il en avait l'intime conviction, une âme, bonne ou mauvaise se cachait là et elle avait des revendications.

Matthieu resta ainsi un long moment. Il n'aurait su dire s'il attendit un quart d'heure ou une nuit entière, mais il lui sembla que cet instant dura une éternité. Son cœur finit par se calmer, sa respiration devint plus profonde et ses larmes se tarirent. Il ne savait pas s'il devenait fou, mais il était persuadé d'une chose : Il préférait mourir que passer le reste de sa vie à se demander ce qui se cachait sous le carreau du mur de sa salle de bain.

Tendu, mais déterminé, il chercha du bout des doigts une prise sur le carrelage. Les pulsations cessèrent immédiatement.

Pourvu que ce soient des rats. Pourvu que ce soient des rats. Pourvu que ce soient des rats.

À force de gratter, Matthieu finit par déloger le carreau de son emplacement. Derrière, pas de vortex inter dimensionnel prêt à l'aspirer, pas de main griffue pour le saisir à la gorge, pas même de crocodile venu tout droit des égouts. Rien qu'un trou poussiéreux et un morceau de tissu qui avait dû être blanc un jour lointain.

Matthieu le saisit à bout de bras pour l'examiner. En fait d'étoffe, il s'agissait d'une petite culotte en coton, avec une tête d'ours en peluche imprimée sur l'arrière. Lorsqu'il identifia l'objet, il eut un rictus de dégoût.

— Fais pas cette tête, elle était propre quand je l'ai mise là.

Matthieu sursauta, bondit jusqu'au mur opposé à la voix en poussant un hurlement digne d'une fillette de dix ans. Un adolescent boutonneux, épaules voûtées, et cheveux gras se tenait à l'entrée de la salle d'eau.

— Bordel, mais t'es qui, toi ? aboya le jeune homme.

— Kévin.

Il remarqua alors que selon l'angle où il le regardait, l'adolescent était légèrement translucide.

— Mais t'es quoi ? demanda Matthieu en connaissant déjà la réponse.

— Je suis triiiste, brailla l'ado, en fondant en larmes.

Ah non. Il ne s'attendait pas à cette réponse. Le Kévin traîna des pieds jusqu'aux toilettes et s'assit sur le trône en sanglotant. Matthieu était perdu. La situation terrifiante venait, sans crier gare, de virer au comique. Le jeune homme prudent, regarda l'adolescent gémir et renifler, attendant un piège qui ne se refermait pas. Plus les secondes défilaient et plus Matthieu se sentait triste pour lui. Presque machinalement, il tendit un bras vers le fantôme pour lui tapoter l'épaule, mais sa main passa au travers. La désagréable sensation de picotement glacé le fit reculer.

— Ça va aller ? Vous… Tu… Je peux faire quelque chose pour toi ? demanda doucement Matthieu, accroupi devant le fantôme.

— Non… Snif… Si… Snif…Tu veux bien mettre la chanson de *Kill me à petit feu*, de Jenny ? Le *live* de 2000 à Strasbourg ?

— Euh… Je sais pas si… Enfin… Je vais essayer de la trouver.

La demande était spécifique, mais depuis le décès de la chanteuses, ses tubes semblaient avoir été uploadés partout sur internet. Il finit par mettre la main sur la bonne version.

***

kiss me dans les cieux

Touch me avec les yeux

Kill me a petit feu

You know, you know, je te veux.

L'adolescent, fredonnait les paroles d'une voix éraillée, par-dessus celle de la chanteuse. La mélodie, ralentie pour l'occasion du *live*, rappela quelque chose à Matthieu.

— Hey mais attends, c'est toi qui m'a réveillé tout à l'heure ! s'exclama-t-il.

C'était plus une affirmation qu'une question. Kévin, sans cesser de chanter, hocha la tête.

— Mais tu pouvais pas chanter avec ta voix normale, plutôt que de me faire l'hymne des morts ? Tu m'as fait baliser !

— C'est parce que tu l'avais pas encore trouvée, lui répondit-il en désignant la culotte qui trônait désormais sur la table basse.

— Quoi, ça ? C'est un fétichiste qui t'as tué ? Tu portais la culotte au moment de ta mort ? Ou alors, c'est l'arme du crime ? C'est un peu la *lose*, non ? On peut mourir de honte ?

— Non, personne ne m'a tué. Et oui, on peut mourir de honte. Je me suis suicidé.

Matthieu reçut la réponse comme une gifle.

Bravo pour le tact et la délicatesse.

— Dis, Kévin… Pourquoi tu es là ? J'veux dire… Tu devrais pas être là où vont les gens qui meurent ?

— Si, mais mon esprit ne parvenait pas à se décoller de la culotte de Jenny.

Il prit un air pensif, avant d'ajouter :

— Hum… Je ne pensais pas prononcer cette phrase un jour…

— Attends, tu veux dire que ça, c'est la culotte de la star ?

— Oui, je l'ai achetée aux enchères sur Ebay. Lors du concert aux arènes de Nîmes, en 2002, elle portait une robe trop courte, la France entière a vu cette culotte qui est devenue emblématique.

Matthieu se retint de lui dire qu'il s'était probablement fait arnaquer. Il ne voulait pas en rajouter après sa maladresse.

— Je vois, c'est un genre de totem, quoi.

Matthieu ne savait pas quoi faire ou dire. Il y a une heure encore il était seul chez lui, persuadé qu'il devenait fou, et voilà qu'à présent, il entamait une collocation forcée avec le fantôme d'un ado dépressif. Il aurait voulu être seul dans sa chambre, au moins le temps d'encaisser la nouvelle. Il avait peur de la réaction de l'ectoplasme. Comment savoir ce qu'il ferait ? Après tout, c'était bien la première fois qu'il parlait avec un mort.

— Et… Qu'est-ce que tu vas faire, maintenant ?

Kévin tourna un regard vide vers lui et haussa les épaules.

— Je ne sais toujours pas pourquoi je suis coincé dans cet appartement.

— Une tâche inachevée ? proposa Matthieu en se rappelant l'histoire de Casper.

— Peut-être…

Le jeune homme était fatigué et Kévin ne l'aidait pas à tenir la conversation avec ses réponses laconiques. Il ne savait pas comment prendre congé de l'adolescent sans paraître méchant. Il bailla ostensiblement feignant des paupières plus lourdes qu'elles ne l'étaient.

L'adolescent n'eut aucune réaction.

— Bon mon petit Kévin, commença-t-il avec moins de délicatesse qu'il ne l'aurait voulu, c'est pas le tout, mais nous les mortels avons besoin de dormir. Je vais te laisser, et aller faire un somme. Si tu pouvais ne pas me réveiller à trois heures du matin en faisant danser ma lampe de chevet, j'apprécierais.

— Bon… D'accord… Mais, et moi ? Je fais quoi en attendant ?

Matthieu réfléchit un instant.

— Tu veux que je laisse l'album tourner sur mon ordinateur ?

Kévin opina du chef.

— Au fait, c'est quoi ton nom, à toi ?

— Matthieu.

— Matthieu, répéta Kévin pour lui-même. Matthieu ?

— Hum ?

— Tu veux bien reposer ta main sur mon épaule ? Ça m'a fait du bien.

Le jeune homme ne s'attendait pas à une telle demande. Il s'exécuta en grimaçant. Les picotements étaient vraiment à la limite du supportable. Lorsqu'il se coucha, sa main n'avait toujours pas retrouvé toute sa sensibilité.

Et maintenant, quel était le programme ? Déménager ? Consulter un psy ? Aider Kévin ? Les trois ?

Le gosse avait l'air si malheureux… Ça lui brisait le cœur de le voir comme ça. Pourquoi s'était-il réveillé aujourd'hui ? Depuis quand était-il mort ? Pourquoi s'était-il suicidé ? Cherchait-il à se venger ? Attendait-il de Matthieu qu'il soit son bras armé ?

Les questions se bousculaient dans la tête du jeune homme et il finit par s'endormir sans avoir obtenu aucune réponse.

Chapitre 3

Matthieu se réveilla en sursaut, comme si quelqu'un lui avait versé un seau d'eau glacé sur le torse.

— Matthieu, debout !!!

Kévin essayait de le secouer, mais ses mains traversaient le jeune homme de part en part.

Le malheureux tenta d'inspirer bruyamment un air qui lui glaça les poumons. Son cœur s'emballait, mais il semblait à Matthieu que son sang était désespérément figé dans ses veines, refusant de suivre l'impulsion du palpitant. Kévin leva les mains au-dessus de ses épaules avec un air de « c'est pas moi qui aie fait ça ».

Il fallut quelques secondes à Matthieu pour pouvoir enfin parler. Il fusilla le fantôme du regard.

— Mais ça va pas ??? lança-t-il, la voix étranglée. Qu'est-ce que tu ne comprends pas quand je te dis qu'il faut que je dorme la nuit ??

— Mais, le jour est déjà levé, viiiiens !!

Kévin avait attrapé sa main, mais sa poigne était aussi ferme qu'un bol de porridge. En grognant, Matthieu s'arracha de sa couche et suivit le fantôme en râlant. En vérité, il avait bien trop peur que Kévin le force de nouveau à bouger. Il se dirigea en traînant des pieds jusqu'à la cuisine et appuya sur le bouton de la cafetière, espérant que le breuvage parvienne à le réchauffer un peu.

Il ne daigna rejoindre l'adolescent dans le salon qu'une fois sa tasse servie.

— Bon, qu'est-ce qu'il y a, Kévin ?

— Regarde, répondit le fantôme en pointant du doigt le journal que lisait Matthieu la veille.

— Ah, oui, j'ai oublié de te prévenir, Jenny est morte il y a trois jours… Je suis vraiment désolé, mon vieux.

— Nan mais je sais, c'est ça qui m'a réveillé. Mais lis ! Ils parlent de ses dernières volontés.

Matthieu se frotta les yeux et déchiffra les quelques lignes que pointait Kévin de son doigt fantomatique.

— Ça dit qu'elle veut se faire incinérer et ses cendres répandues un peu partout sur le territoire. Et alors ? C'est courant ce genre de demande.

— Continue, insista Kévin.

« Le code de la santé publique interdisant de répandre les cendres, la famille de la chanteuse a décidé de se conformer à la loi ».

— Oui, je comprends, l'air est déjà pollué, si on plus on devait respirer les cendres des cadavres, on aurait pas fini de chopper des cancers.

— Mais je m'en fous, moi. Je respire plus depuis longtemps ! C'est ses dernières volontés, merde.

Un vase posé sur la table basse vola pour s'écraser dans un mur, comme pour ponctuer son injure. Pour la première fois depuis leur rencontre, le gamin semblait véritablement en colère.

— Mais Kévin, tout le monde est logé à la même enseigne, c'est la loi, c'est comme ça !

— Je me fous de respecter la loi, moi je respecte l'artiste !

Matthieu commençait à vraiment s'impatienter. Pourquoi avait-il fallu qu'il entame une colocation non consentie avec un fantôme fan de Jenny ? Les esprits supérieurs qui avaient rendu ça possible devaient avoir un sacré sens de l'humour.

— Mais sérieusement Kévin… Jenny, elle devait même pas connaître ton nom de son vivant, qu'est-ce que ça change pour elle maintenant ? Et puis, tu comptes t'y prendre comment pour répandre ses cendres, maintenant que tu n'es même plus capable de tenir sa culotte. Regarde, je suis obligé de le faire moi-même…

Matthieu s'interrompit à la fin de sa phrase, lingerie en main, à hauteur d'œil. Il venait de déclencher quelque chose et il le savait. Il suffisait de voir le regard implorant de Kévin pour comprendre.

— Oh non, non, non. C'est hors de question. Oublie ça tout de suite, je n'irai pas là-bas voler les cendres d'une star internationale.

— De toute façon, tu comprendras jamais ! hurla Kévin en traversant le mur de la chambre.

La porte claqua violemment derrière lui et Matthieu entendit les sanglots de l'adolescent résonner.

La situation était cocasse, mais le jeune homme ne rigolait pas. Sitôt la porte close, les murs s'étaient mis à vibrer. D'abord doucement. Le son donna à Matthieu une légère envie de vomir. Lorsque les vibrations s'intensifièrent, il lui sembla que des milliers d'abeilles grouillaient sous le papier peint. Les cloisons paraissaient s'allonger à l'infini et se refermer sur lui. Le jeune homme se sentait à présent proche du malaise, la gorge nouée et des pierres dans l'estomac.

Il savait bien au fond, qu'il n'avait rien à craindre de Kévin, mais à ce rythme-là, le fantôme aurait tôt fait de le convaincre de sauter par la fenêtre.

Lorsque du sang commença à s'écouler sur les murs depuis le plafond, le jeune homme jugea qu'il était temps de quitter l'appartement. Tant pis pour la collocation, il trouverait un moyen de se débarrasser de cet esprit frappeur !

Matthieu partit d'un pas décidé jusqu'à l'église la plus proche. Un exorcisme en bonne et due forme, réglerait sûrement son problème !

Le jeune homme pénétra dans l'édifice, en respectant un silence religieux.

L'endroit était désert et seuls ses pas résonnaient sous la nef.

Il avisa le confessionnal. Il était persuadé que ces choses-là n'avaient plus cours, pourtant les petites maisons de bois accolées dans l'église prouvaient le contraire. Il se glissa dans l'une des deux, espérant ne pas commettre de faux pas en occupant, par exemple, la cabine du curé.

La fenêtre joignant les deux étaient obstruée, mais, patient, Matthieu attendit qu'elle s'ouvre. En vain. Personne pour l'écouter.

C'est l'histoire de ma vie, pensa-t-il.

Il sortit de sa cachette, écartant les voilettes de tissus qui la refermaient, passablement agacé.

Il tomba nez à nez avec le prêtre, occupé à ordonner les cierges pour l'office du lendemain. L'homme d'une soixantaine d'années, en civil, ne portait que le petit col blanc caractéristique de sa qualité.

— Ah enfin ! C'est bien la peine de chercher de l'aide, si personne n'est prêt à en donner ! maugréa le jeune homme.

— Un problème, mon fils ?

— Des problèmes ? Oui ! Des dizaines, mais un en particulier requière votre intérêt !

— Vous attendiez une confession, peut-être ?

— Non, pas particulièrement. Je pensais que c'était le meilleur moyen de vous rencontrer, mais visiblement, je me trompais.

— Je ne confesse les pénitents que le vendredi entre quinze et dix-sept heures, l'église n'accueille pas assez de fidèles pour avoir un service continu !

— Mais vous devez m'aider ! J'ai besoin d'un exorcisme ! Maintenant !

— Un exorcisme ? Mais il y a bien longtemps que le prêtre d'une église de quartier ne pratique plus d'exorcisme ! Il faut faire une requête directement au Vatican, et encore, les délais sont très longs !

— Mais c'est urgent ! Qui pourrait m'aider, si ce n'est vous ?

— Dites-moi d'abord… Quel est votre problème, exactement ?

— Ben… Y a un fantôme chez moi ! Il faut le faire partir. C'est Amityville dans mon appart ! Y a les murs qui saignent, et l'autre qui chiale en chantant du Jenny ! Moi, j'en peux plus.

Le prêtre sembla hésiter entre appeler les services psychiatriques et tendre la main au désespéré larmoyant qui le suppliait.

— Écoutez, je ne peux pas vous aider, mais allez à la bibliothèque, vous trouverez peut-être quelque chose, un ouvrage qui pourra vous aider ? Tenez, prenez ça et Dieu puisse vous venir en aide, mon fils.

Sans doute pressé de le voir partir, il lui fourra quelques fioles d'eau bénite dans les bras. Matthieu vida les lieux, en traînant des pieds, la mort dans l'âme.

Si même un prêtre ne pouvait chasser son fantôme, il allait devoir se débrouiller seul.

Sur les conseils du curé, il se rendit à la bibliothèque municipale. Une petite gothique souriante tenait l'accueil. En temps normal, le jeune homme en aurait bien fait son quatre heures, mais il était bien trop préoccupé en cet instant pour ne serait-ce qu'y penser.

— Je peux vous aider ? demanda-t-elle à un Matthieu perdu.

— Non… oui… peut-être… Je cherche des livres d'exorcisme. De fantômes, plus précisément.

— On a pas le rayon le plus fourni du monde, mais on a quand même quelques titres, *Amityville*, bien-sûr, mais aussi *Shining*, *Appartement 16*, *La Dame en noir*…

— Non, non… Je ne cherche pas de roman. Je cherche plus… Un genre de manuel…

La jeune femme eut une moue de réflexion, avant d'ajouter :

— On doit avoir la bible satanique qui traine au rayon ésotérique, mais si vous voulez mon avis, ça règlera pas votre problème… C'est rempli de foutaises… Sinon, j'ai bien le *malleus maleficarum* dans ma bibliothèque personnelle, mais là on est plus sur de la sorcière que sur du fantôme…

— Non, j'ai rien contre les sorcières, à priori. Bon… Tant pis je vais me débrouiller. Merci quand même.

— Attendez… Je crois que…

Elle griffonna à la va-vite une adresse de site web sur un papier avant de le tendre au jeune homme.

www.gtfo-occulte.com

— GTFO ? demanda Matthieu.

— *Get the fuck out*, répondit la jeune gothique d'un air entendu. Je pense que vous pourrez y trouver de bons conseils. Ils ont une très bonne partie sortilèges et magie blanche et une communauté réactive.

— Ah… Oui, très bien… ça a l'air d'être ce que je recherche… Merci.

— Pas de problème, c'est toujours un plaisir, sortit la jeune femme en dégainant son plus beau sourire.

Le jeune homme allait quitter les lieux, quand la bibliothécaire le héla. Elle s'approcha de lui à petites foulées, et lui glissa un second papier dans la main.

— Hésitez pas à m'envoyer un message ou m'appeler pour me dire si vous avez réussi à régler votre problème d'esprits.

— Euh… Entendu… J'y manquerai pas.

— Je m'appelle Wendy, au fait. Bon courage, j'espère que ça se passera bien !

— Matthieu. Merci, bonne journée.

Matthieu passa plus d'une heure sur son téléphone à consulter le site. Une véritable mine d'informations. Si avec ça, il ne parvenait pas à faire partir Kévin, il ne lui restait plus qu'à déménager.

Après quelques courses et une bonne dose de détermination, il pénétra dans son appartement. Tout y était calme. Il ferma les yeux quelques instants pour se donner du courage. Matthieu se rendit dans la cuisine, où il aligna le contenu de ses courses sur le plan de travail.

Bouquet de sauge, gros sel, eau bénite, encensoir, tout était là.

L'encensoir avait été difficile à trouver. Matthieu n'avait aucune idée de l'endroit où ce genre de chose s'achetait. Après une dizaine de magasins explorés en vain, il avait fini par aller en voler un directement dans l'église où il avait pris conseil.

« Puisse Dieu vous venir en aide », lui avait dit le curé. *Voilà qui était fait*, pensa Matthieu.

Suivant à la lettre les instructions du site occulte, le jeune homme garnit l'encensoir de sauge et l'alluma. La fumée épaisse qui s'en dégagea lui brûla les narines, mais il n'osa pas ouvrir les fenêtres, de peur que l'effet escompté de la plante soit atténué. Matthieu se déplaça dans tout l'appartement, s'assurant qu'aucune pièce n'était épargnée par la fumigation.

Il pria brièvement pour que les détecteurs dans les parties communes de son immeuble ne se mettent pas à sonner.

L'ado vaguement curieux, les épaules voûtées, le regardait balancer son encensoir d'avant en arrière. Matthieu insista plus particulièrement sur la petite culotte et enfuma longuement le tissu, « juste au cas où ».

Peinant à respirer, le jeune homme retourna dans la cuisine et se saisit du gros sel. Concentré, il traça une ligne de sel à chaque ouverture de son appartement. Portes, fenêtres, tout y passa. Selon le site internet, le gros sel devait gêner les déplacements de l'esprit et le contraindre à rester dans la même pièce. Il devait terminer par un pentacle au centre de son salon, au centre duquel il devait se placer pour se protéger du fantôme. Il eut un doute sur l'efficacité du procédé lorsqu'il vit Kévin jouer à la marelle au-dessus des lignes, comme si de rien n'était. Assis sur le sol, il vérifiait qu'il n'avait omis aucune étape.

— Ô toi, esprit de Kévin, je te demande de quitter ce monde, suis le chemin des esprits et retourne à l'Ether, apaise-toi et repose en paix parmi tes pairs.

— Non, je partirai pas. De toute manière, j'sais même pas où c'est Létère.

Le jeune homme, soupira, excédé. Aux grands mots, les grands remèdes. À l'aide de son téléphone, il lut le rituel d'exorcisme en latin utilisé par le Vatican.

— *Exsurgat Deus et dissipentur inimici ejus : et fugiant qui oderunt eum a facie ejus.*

Loin de s'inquiéter, l'ado lui répondit en reprenant une chanson de Jenny

— Kiss me dans les cieuuuux !

— *Sicut deficit fumus, deficiant ; sicut fluit cera a facie ignis, sic pereant peccatores a facie Dei.*

— Touch me avec les yeuuuuux !

— *Judica Domine nocentes me expugna impugnantes me.*

— Kill me à petit feuuuuu !

À présent, Kévin braillait littéralement les paroles de la chanson. Matthieu augmenta également le volume tout en s'écorchant les yeux sur son téléphone pour suivre le rythme.

— *Confundantur et revereantur quærentes animam meam.*

— YOU KNOW, YOU KNOW, JE TE VEUX !!!!

— Mais putain tu vas te barrer, oui ???? hurla Matthieu en jetant tout son stock d'eau bénite au visage de l'adolescent.

— Naaaan !!! Pas des gouttelettes qui me passent à travers !!! Au secours !! Non mais t'avais vraiment cru que ça me ferait quelque chose ? T'arrives même pas à me toucher ! Personne le peut.

— Mais je veux pas te toucher, je veux juste que tu te casses !

Le Kévin amusé céda sa place au Kévin en colère. Le sol sous les pieds de Matthieu, vibra de plus belle. La nausée le reprit. Les bibelots volèrent autour de lui et la radio s'alluma, volume au maximum. Le jeune homme s'enfuit en courant de son appartement, le cœur battant la chamade. Derrière lui, Kévin hurlait :

— Ouais, c'est ça ! Va-t'en, toi ! T'es chez moi !

Lorsqu'il atteint le pallier, la porte claqua dans son dos et Matthieu s'assit par terre. Le souffle court, hagard, il se laissa aller à pleurer.

Il était désorienté, impuissant et fatigué de devoir lutter pour avoir enfin la paix.

« Re-bonjour, Wendy. L'exorcisme est un échec cuisant – Matthieu »

La réponse à son message arriva aussitôt.

« Envoie-moi ton adresse, j'arrive. »

Le jeune homme sécha ses larmes et envoya ses coordonnées. Il patienta, assis dans son couloir, le regard perdu dans le vide. Au bout d'une petite heure, il reconnut le pas pressé de la petite bibliothécaire.

— Ouh… ça s'est si mal passé ?

— Je l'ai mis encore plus en colère, je crois.

Malgré sa robe à dentelles noires qui manquait d'en révéler plus qu'il en fallait à chaque instant, Wendy s'assis dans le couloir en face de Matthieu.

— On peut tenter quelque chose, si tu veux.

— Je vois pas ce que je peux faire de plus, là…

— Ma grand-mère était médium et moi-même, il m'est arrivé de deviner des présences résiduelles dans certains lieux. J'ai même senti un esprit, une fois.

— Ah ? Et t'as fait quoi, du coup ?

— D'abord, j'ai flippé, rit-elle. C'est vraiment particulier. On ressent des émotions qui ne sont pas les nôtres, on entend des voix, voit des choses que personne d'autre ne voit. C'est pour ça que je me suis dit que je pouvais peut-être entrer en communication avec le tien ?

Matthieu se frotta la nuque, gêné.

— Communiquer, c'est pas trop le problème, c'est lui faire entendre raison qui me semble impossible.

— Comment ça ?

— Kévin est un ado et il est super en colère après moi.

— Mais tu sais déjà qui il est et ce qu'il veut ?

— Ah ben oui, je lui parle comme je te parle !

— Mais alors tu n'as qu'à l'écouter ! râla Wendy en bondissant sur ses pieds. Allez, viens, entrons ! continua-t-elle en bousculant légèrement Matthieu.

Elle poussa le jeune homme vers l'appartement sans lui demander son avis.

— J'espère que tu me ramènes pas un curé, résonna la voix de Kévin.

— Tu as entendu ça ? demanda Matthieu à Wendy.

— Vaguement, il parle de curry ?

Matthieu secoua la tête et fourra la culotte de Jenny dans la main de Wendy.

— Attends, tiens, prends ça, tu pourras le voir et l'entendre.

La jeune femme ouvrit de grands yeux lorsqu'elle comprit qu'il s'agissait d'un sous-vêtement.

— C'est qui, elle ? demanda Kévin d'un ton traînant.

Wendy sursauta légèrement en entendant l'adolescent, mais ne se démonta pas.

— Je m'appelle Wendy. Je suppose que tu es Kévin ?

— Hum… répondit l'intéressé en haussant les épaules et en levant les yeux au ciel.

— Bon Kévin, je vais pas y aller par quatre chemins. Toi et Matthieu vous vivez tous les deux sous le même toit. Je sais que tu as sûrement quelque chose qui te retient ici. Je sens bien que ça ne va pas et ça me rend très triste.

Matthieu observait la jeune fille du coin de l'œil. Elle semblait sincère et il voyait même quelques larmes poindre sous son eye-liner. Elle avait l'air vraiment chamboulée. Le jeune homme posa sa main dans son dos pour lui montrer qu'il était avec elle. Wendy continua :

— Je sens aussi que tu n'es pas prêt à en parler. Tout va bien, je comprends. Personne n'a envie de se livrer à des inconnus. Mais tu ne peux pas continuer à repousser Matthieu… Tu te doutes bien que la situation n'est pas facile pour lui non plus…

Kévin semblait attentif. Sous ses mèches de cheveux trop longues, ses yeux se plissaient et ses sourcils se fronçaient.

— Alors, tu veux bien faire un effort ? demanda doucement Wendy. Sinon, Tu ne gagneras qu'une chose, c'est que Matthieu parte définitivement et tu seras tout seul.

Le visage de Kévin changea tout à coup. Matthieu reconnu les signes avant-coureurs de la fureur du fantôme. Il semblait rougir en transparence et sa bouche se tordait dans un rictus tremblotant.

D'instinct, le jeune homme recula de deux pas.

— Eh bien je resterai seul ! se mit à hurler le fantôme. Allez-vous-en ! J'ai besoin de personne ! J'ai jamais eu besoin de personne !

Voilà que Kévin recommençait à faire trembler la baraque. Matthieu saisit la main de Wendy qui venait de fondre en larmes et l'entraina hors de l'appartement.

— Tu vois mieux de quoi je parle, demanda le jeune homme en reprenant son souffle.

Wendy séchait ses joues humides et tentait de reprendre contenance.

— Oui, le moins qu'on puisse dire c'est qu'il est hostile.

Matthieu leva les yeux au ciel et tendit ses deux mains ouvertes, comme pour dire, « tu vois ? ». Il n'eut pas le temps de formuler sa phrase, Wendy poursuivant déjà.

— Mais tu dois t'accrocher. Il est malheureux comme les pierres. C'est la première chose que j'ai ressenti quand nous avons parlé. Et après, quand il nous a chassé, j'ai ressenti tellement de tristesse et de souffrance, que j'ai à peine entendu sa colère.

— Mais tu as vu comment il est ? Il fait voler les vases, trembler les murs ! On fait pas ça quand on est triste ! On fait ça quand on est rempli de rage !

— Tu sais, souvent, la peur ou la peine s'expriment grâce à la colère. C'est parfois difficile de faire la distinction entre les deux. Et d'autant plus quand on est adolescent. Nos émotions sont parfois difficiles à identifier. Sois patient avec lui.

Le jeune homme soupira. « Je suis triste » furent les premières paroles prononcées par Kévin. Matthieu aurait peut-être dû l'écouter un peu mieux.

Wendy était retournée à son travail, le laissant seul dans la rue. Le jeune homme marcha au hasard dans Paris et quand ses jambes lui intimèrent l'ordre de s'arrêter, il pénétra dans le premier troquet qu'il croisa. Si personne n'avait pu résoudre son problème, l'alcool le ferait peut-être. Dans le cas contraire, l'ivresse lui permettrait sûrement d'oublier ses soucis.

L'œil rivé sur le fond de sa pinte vide, Matthieu réfléchissait.

« Comprenez l'autre avant d'attendre de lui qu'il ne vous comprenne »

Chapitre 8 page 117

Plus facile à dire qu'à faire. Que savait-il de Kévin ? Pas grand-chose : c'était un ado qui, malgré son absence de corps, semblait dirigé par les mêmes hormones à conneries que tous les autres ados. Il était fan de Jenny. Il avait mis fin à ses jours. Il était malheureux. Il était seul.

« Tu n'arrives même pas à me toucher ! Personne ne le peut », lui avait-il dit.

À cette pensée, Matthieu eut un pincement au cœur. Ce devait être terrible d'être privé de ces contacts physiques. De ne toucher personne. D'être seul.

Seuls. Les voilà donc avec un premier point commun.

Le jeune homme ne pouvait pas faire ce que Kévin attendait de lui. Mais il pouvait peut-être le soulager d'une autre manière ?

Dans un soupir, il s'arracha de son siège, enfin prêt à offrir le rameau d'olivier dont ils avaient tous deux besoin.

Le jeune homme remonta jusqu'à son domicile en trainant des pieds. Lorsqu'il ouvrit la porte d'entrée, tout semblait calme dans l'appartement. Kévin était encore enfermé dans la chambre à coucher : Matthieu entendait des gémissements étouffés à l'intérieur.

Résolu, il lança *Kiss me like a lady*, titre le plus positif de Jenny. Impossible de ne pas, au moins, battre la mesure du pied en l'entendant.

Il toqua deux petits coups à sa porte de chambre et attendit que Kévin lui réponde.

— Quoi ? pleurnicha-t-il.

Matthieu entra et s'accroupit à côté du lit. Le gamin était allongé face contre l'oreiller. Le jeune homme lui posa une main dans le dos. Il ne put réprimer une grimace en ressentant les picotements caractéristiques de l'ectoplasme, mais se força à tenir la position.

— Comment veux-tu que je comprenne, si tu ne m'expliques pas ? Et comment veux-tu que je t'explique mon point de vue, si tu refuses de m'écouter ?

Kévin renifla bruyamment et se redressa.

— De toute manière, ta décision est déjà prise, répondit-il, renfrogné.

— Ah, parce que pas la tienne, peut-être ?

L'adolescent garda le silence.

— Allez, sort d'ici, allons dans le salon, j'ai bien besoin d'un café. Après on pourra parler. C'est pas comme si tu avais autre chose à faire, non ?

Kévin, avec une mauvaise volonté évidente, traîna des pieds jusqu'au salon et se vautra dans le premier canapé qu'il croisa. Assis en tailleur dans son fauteuil, sa tasse dans les mains, Matthieu lui demanda :

— Bon alors, tu me racontes ? C'est quoi ton truc avec Jenny ?

Le fantôme garda le silence un long moment, le regard perdu quelque part entre Matthieu et l'immeuble d'en face.

— Tu sais que j'ai grandi dans cet appartement ? répondit Kévin, comme s'il n'avait pas écouté la question. Mes parents dormaient dans ta bibliothèque et moi dans ta chambre. Lorsque je suis né, j'étais très malade. J'ai passé les premières années de ma vie à l'hôpital. Et lorsque j'en suis sorti, ma mère a préféré me garder près d'elle, c'est elle qui me donnait cours. Je n'ai pu aller à l'école que lorsque j'ai eu onze ans.

— Tu ne fréquentais pas beaucoup d'enfants de ton âge, je parie.

— Nan. Mes cousins, parfois, mais je les aimais pas beaucoup. On était très différents. L'arrivée au collège a été difficile. J'avais toujours été seul et autonome, et du jour au lendemain, je me suis retrouvé dans une classe de trente élèves où on nous disait à quelle heure on devait aller pisser.

— Sacré choc, devina Matthieu.

Kévin hocha de la tête.

— Mais cette année-là, j'ai entendu un titre à la radio. C'était triste, ça parlait de solitude, d'être en marge. Tu comprends Matt, ça me parlait de ma vie ! Et la voix… J'avais l'impression que la chanteuse faisait vibrer mon cœur. Je le ressentais dans mon estomac, sur ma peau.

— Coup de foudre ?

— Musical ! Je n'étais pas amoureux, j'avais trouvé quelqu'un qui vivait la même chose que moi ! Quelqu'un qui, en une chanson, m'avait donné l'impression que je n'étais plus le dernier être-humain sur terre.

Kévin se perdait en explications, mais Matthieu comprenait. Il avait vécu un peu la même chose au même âge avec la chanson « le confort des ombres » de Jenny. Certes, elle n'avait pas eu tout à fait le même impact, mais il en avait toujours aimé les paroles, sans pouvoir dire exactement ce qui s'agitait en lui lorsqu'il l'écoutait.

— Mais… Tu as quel âge, Kévin ?

— Seize ans, pourquoi ?

— Depuis combien de temps ?

— Je suis mort en 2005.

Matthieu compta rapidement sur ses doigts.

— On a le même âge !

Kévin haussa des épaules. La nouvelle le désintéressait totalement.

— Tu sais, poursuivit-t-il, elle m'a apporté tellement, elle m'a fait tenir dans les moments les plus durs. C'est pour ça que je voudrais lui rendre la pareille.

— Et, tu l'as déjà rencontrée ?

— Quand j'ai eu quatorze ans, j'ai commencé à fuguer pour me rendre devant chez elle avec tous les autres fans, et parfois, je l'apercevais passer devant une fenêtre. Si tu savais comme ça me rendait heureux. La nuit, je rêvais qu'elle venait me chercher, au milieu de tous les autres, qu'elle me choisissait, moi, pour lui tenir compagnie, le temps d'un après-midi. Je suis resté, qu'il pleuve, qu'il neige ou qu'il vente. Je voulais juste être là, qu'elle me voit, qu'elle sache qu'elle n'était pas seule.

— En somme, tu avais trouvé quelqu'un pour être seul à deux, c'est ça ?

Kévin hocha vigoureusement la tête, les larmes aux yeux. Matthieu avait mis le doigt sur ce qui avait valu à Jenny un fan inconditionnel. L'adolescent souffla un grand coup, comme soulagé de poser enfin des mots sur ce qui l'animait. Le barrage finit par céder et il fondit en larme.

Matthieu vint s'asseoir près de lui et comme plus tôt, posa une main sur son épaule. Sans prévenir, Kévin l'étreint et se lova contre sa poitrine. Le jeune homme en eut la respiration coupée, comme s'il avait plongé dans un lac gelé. Puis une petite flamme s'alluma en lui, grandissante, réchauffant sa poitrine, ses membres et ses joues. Il sentit son corps irradier. Des larmes brûlantes roulaient sur son visage.

Lui aussi avait trouvé quelqu'un pour être seul à deux. Lui qui ne savait pas vraiment comment mener sa vie maintenant que le travail était optionnel avait enfin trouvé un but : s'occuper d'un petit fantôme malheureux. Il sentait que l'un et l'autre pourraient s'apporter beaucoup.

— Kévin, tu recommences plus ça, hein ?

L'adolescent secoua la tête en rigolant.

— Promis.

— Tu sais que je ne peux pas aller voler des cendres. Elles sont probablement aussi bien gardées que les joyaux de la couronne d'Angleterre.

— Je sais, répondit tristement Kévin.

Mi-souriant, mi-pleurant, Matthieu entoura l'adolescent de ses bras. Il lui semblait que le fantôme n'avait jamais eu autant de consistance et sans comprendre comment, il était convaincu que désormais, il n'aurait plus jamais froid à son contact.

Chapitre 4

Matthieu dormait profondément quand quelque chose le tira de son sommeil. Les yeux ouverts dans le noir, il se concentra sur ses autres sens pour comprendre ce qui l'avait réveillé.

— Kévin ? appela-t-il.

Pour toute réponse, sa couette glissa à toute vitesse jusque sous le lit.

— Kévin ! Ça fait trois fois depuis le début de la nuit, c'est plus drôle, là.

L'adolescent gloussa avant de sortir du placard.

— C'est encore plus drôle la troisième fois, ricana-t-il en se tenant les côtes. Allez, lève-toi, c'est l'heure !

— Ce serait pas l'heure de me foutre la paix, plutôt ? gémit Matthieu en cachant sa tête sous son oreiller.

Les obsèques de la chanteuse passaient sur TF1. Les fans se pressaient aux abords de l'église de la trinité dans le 9e arrondissement.

Le journaliste alpaguait au hasard les passants afin d'avoir leur ressenti sur le drame. Comme à chaque fois qu'un artiste un tant soit peu connu partait, une armée de fans en pleurs était interviewée, articulant avec difficulté, ô combien la chanteuse était importante pour eux.

Kévin, recroquevillé sur le canapé était passé de jovial à morose en quelques minutes. Il faisait doucement son deuil.

— Tu crois qu'elle aurait été contente de voir tout ce monde ? Savoir qu'elle comptait pour autant de gens ? demanda Kévin

—Je pense qu'elle aurait aimé savoir à quel point elle a changé ta vie. Tu penses qu'elle est aussi devenue un fantôme ? C'est un truc de suicidaires, tu crois ?

—Je n'ai jamais croisé d'autres fantômes. J'ai même mis longtemps à comprendre ce que j'étais devenu. Tu imagines, passer presque quinze ans sans pouvoir parler à personne ? Je ne lui souhaite pas ça pour tout l'or du monde.

— Même si ça te permettait de lui parler ?

Kévin hésita quelques instants avant de répondre :

— Tu sais que j'adorerais, mais… Nan…

L'adolescent soupira et la télévision grésilla un instant.

— Comment ça se fait que tu n'arrives pas à attraper un objet, alors que les portes claquent sans que tu les touches, ou que tu interfères avec ma réception TNT ? C'est quand même bizarre, non ?

Pour illustrer son propos, Matthieu jeta un coussin à travers Kévin. L'objet sembla tomber au ralenti à travers le corps du gamin, qui avait pourtant tendu les bras par reflexe pour l'attraper.

—Je ne sais pas, je ne bouge pas les objets volontairement, on dirait que ce sont seulement mes émotions qui agissent, comme si elles avaient une volonté propre.

— Même pour la couette, ce matin, tu étais planqué dans le placard, tu l'as donc pas touchée à proprement parlé, si ? Comme si l'envie de faire une blague avait suffi.

— C'est très déroutant pour moi aussi, répondit l'adolescent en haussant les épaules. Pourtant, j'ai l'impression que j'arrive mieux à toucher les choses. Avant je traversais simplement les objets, comme si j'étais de la fumée.

— Oui, maintenant tu as plus une consistance de porridge, observa Matthieu. Tu t'habitues peut-être à ton absence de corps ? C'est pas demain que tu te mettras à la poterie pour draguer, mon vieux.

Kévin haussa les épaules pour toute réponse. À la télé, la famille de la star venait d'apparaître, habillés tout de noir. Ils gravirent les marches menant à l'église

— C'est qui là, à droite ? Sa sœur ?

— Oui, sa petite sœur, Chloé.

— Chloé ? Ça sonne moins starlette que Jenny…

—Jenny, c'est pas son vrai nom, elle s'appelle Aline Debreuil. Quand même, tu devrais au moins savoir ça.

— Ouais, bof, on éteint ? suggéra Matthieu. Je suis pas certain que ce soit très utile qu'on reste devant la télé…

Kévin acquiesça.

—Je vais prendre une douche.

Toujours perdu dans ses pensées, l'adolescent le suivi. Assis sur les toilettes, les coudes posés sur les genoux, il semblait broyer du noir.

— T'avais vraiment personne, Kévin ? demanda Matthieu en se frictionnant les bras. Tu t'es bien fait au moins quelques amis au collège, non ?

— Oui, il y avait bien Max, c'était mon meilleur ami.

— Et ça te dirait pas qu'on aille le trouver ? Tu as peut-être des choses à lui dire, non ?

— Je lui ai dit tout ce que j'avais à lui dire. Je ne veux plus le voir.

Matthieu coupa l'eau et passa la tête par la porte de la douche, les cheveux encore pleins de mousse.

— C'est à cause de lui que tu t'es suicidé ? Tu veux que j'aille lui botter le cul ?

Merde, espérons qu'il ne le prenne pas au premier degré.

Comme à son habitude, Kévin haussa mollement des épaules en soupirant.

— Raconte, insista le jeune homme.

Pour toute réponse, l'adolescent fixa le bout de ses pieds en rentrant la tête dans ses épaules.

— J'aime pas te voir comme ça… Tu déprimes depuis près de quinze ans, il serait temps de changer la formule, on peut pas rester comme ça… Tu serais pas là si tu avais pas des choses à régler.

Devant le silence de Kévin, Matthieu relança l'eau et l'adolescent finit par marmonner quelque chose.

Enfin propre, le trentenaire sortit de la douche.

— T'as dit quoi ?

— Je disais que tu savais très bien ce que je voulais faire.

— Nan, nan, nan, on me la fait pas à moi. T'es bloqué ici depuis bien avant la mort de Jenny. C'est pas ses cendres qui te retiennent. Alors, c'est quoi?

— Je sais pas, grogna Kévin.

— T'es vraiment pas aidant. Ça te plait d'être ici ? Peut-être que t'as juste pas envie de mourir pour de bon ? demanda Matthieu le plus sérieusement du monde.

— Quel intérêt de se suicider, si c'est pour rester aussi seul et invisible qu'avant ?

— Ben je sais pas... Tu n'es plus ni seul ni invisible aujourd'hui, je suis là... T'as aussi le droit de changer d'avis, hein...

— Dis-toi bien une chose, c'est que si j'avais pu choisir mon colocataire à hanter, tu n'aurais pas été mon premier choix... répondit Kévin avec un sourire. J'aurais préféré quelqu'un capable de ranger ses chaussettes, t'es vraiment trop bordélique.

— Tu me brises le cœur, Kev', lança Matthieu une main sur la poitrine, l'air faussement outré. Et tu penses à moi ? J'aurais pu être hanté par une suédoise sexy et nymphomane, au lieu de ça, j'ai droit à un adolescent qui râle une heure sur deux, et pleure le reste du temps !

— Mais moi aussi je suis sexy, tu peux pas m'enlever ça ! répondit Kévin, l'air offusqué en cambrant exagérément le dos, toujours assis sur les gogues.

— Je t'en prie ! Tu es coiffé comme un balai à chiottes, et tu remplis même pas un soutien-gorge ! Aucun intérêt.

— Ah oui ? Et la lunette des toilettes que tu laisses relevée, c'est pour bobonne ? Hein ? Et la vaisselle qui s'empile dans l'évier, c'est ça l'exemple que tu comptes donner à Kévin-Junior ?

Matthieu allait répondre mais le fou-rire qu'il contenait depuis le début de l'échange finit par exploser. Le simulacre de scène de ménage était aussi inattendu que rafraîchissant. Les deux se tenaient les côtes et il leur fallut une bonne minute pour reprendre leur calme.

— Je suis content d'être tombé sur toi, Matt.

— Moi aussi, répondit le jeune homme soudain très sérieux.

— Tu sais... Même si ce n'est pas ce qui me retient ici, c'est vraiment important pour moi, cette histoire de cendres.

— Je sais. Je...

Matthieu ferma les yeux. Il préférait oublier les conséquences de sa décision.

— Je vais t'aider.

Chapitre 5

Ne promettez pas l'impossible, commencez petit, vous jugerez mieux de vos relations.

Chapitre 25 page 201

Quelles foutaises ! soupira Matthieu en jetant le livre dans la poubelle. Il n'avait plus besoin du *bonheur, ici et tout de suite.* Il avait Kévin, là, maintenant.

Les deux compères avaient minutieusement préparé leur plan. La starlette n'avait pas été enterrée après son incinération. Deux cas de figure possibles : soit ses parents la porteraient en terre plus tard, soit ils conserveraient les cendres dans leur résidence familiale.

— S'ils veulent l'enterrer, j'aime autant qu'on se dépêche. L'idée d'aller profaner une tombe me réjouit encore moins que d'aller voler des cendres… Pour peu qu'on l'enterre avec sa grand-mère, on pourrait même se planter d'urne.

—Je pense que les cendres seront chez ses parents. J'avais déjà cherché leur adresse, ils vivent dans le 77. Ils l'auront forcément gardée auprès d'eux.

— Bon et bien c'est réglé : on y va, on entre pendant la nuit, on pique les cendres et on se tire. Toi tu fais le guet, vu que personne ne te voit, et tu me préviens si y a du monde qui rapplique. On est bien d'accord avec le plan ?

— Parfait, répondit Kévin.

Matthieu enfila son manteau, attrapa les clés de sa décapotable et sortit de l'appartement, décidé.

Il claqua la porte derrière lui et, arrivé dans le hall de son immeuble, s'aperçut que Kévin ne le suivait pas. Il remonta les marches quatre à quatre et déboula dans son logement.

— Ben alors, qu'est-ce que tu fous ? Tu te maquilles ? Je te rappelle que t'as pas de raison de baliser, c'est moi qui prends tous les risques.

— Nan, c'est pas ça... Je... J'arrive pas à sortir.

— Comment ça ? T'as qu'à marcher tout droit, c'est quoi le problème ?

— Y a comme un genre de barrière invisible qui m'empêche de franchir le seuil de l'appartement...

L'aventure commençait à peine qu'il y avait déjà un pépin. Matthieu en aurait maudit Kévin, si l'adolescent n'était pas déjà sous le coup d'une autre malédiction.

Le jeune homme se frotta les yeux en soupirant. Qu'y avait-il hors de l'appartement qui empêchait Kévin d'en sortir ? L'adolescent était-il astreint à l'appartement qui l'avait vu mourir ? Tout à coup, il eut une idée. Et si ce qui le bloquait était dans l'appartement plutôt qu'à l'extérieur ?

Il attrapa sur la table du salon la culotte fétiche du fantôme et l'emmena avec lui dans le couloir. Sitôt franchit le seuil, Kévin fut expulsé de l'appartement.

— Hey, t'aurais pu prévenir, râla t'il.

— Tiens, c'est nouveau, ça, observa Matthieu sans faire plus attention au fantôme. C'est quoi, cette culotte, un genre de laisse à Kévin ?

— Je crois que le terme d'ancre est plus adapté, répondit le fantôme en essayant de se redonner un peu de contenance, mais bon, ça c'est pour les gens qui ont un vocabulaire plus développé que celui d'un homme de Cro-Magnon.

— Oh, fais attention à ce que tu dis, je pourrais t'abandonner dans une décharge, répondit Matthieu en fourrant la culotte dans sa poche.

Le jeune homme repartit au pas de course jusqu'à sa voiture. Il était vingt heures et la nuit n'allait pas tarder à tomber.

Les derniers rayons de soleil disparaissaient lorsqu'ils se garèrent devant la résidence familiale. C'était un petit pavillon de banlieue, loin de la demeure fastueuse de la star. Les parents de Jenny venaient d'un milieu modeste et leur fille avait probablement terminé de payer le prêt immobilier à ses parents lorsque les vannes de l'argent s'étaient ouvertes.

Quelques irréductibles fans campaient dans la rue, allumaient des bougies et déposaient des fleurs.

Une patrouille de police était garée à proximité pour s'assurer qu'aucun débordement ne viendrait déranger la famille en deuil.

— Merde, avec la police, ça va être chaud de rentrer, souffla Matthieu.

— Fais le tour, par les jardins, y a peut-être moyen.

Le jeune homme enclencha la première et s'engagea au ralenti dans une rue perpendiculaire. Il coupa moteur et phares et sortit de la voiture. Matthieu était nauséeux. Que se passerait-il s'il venait à être pris ?

Il s'efforça de chasser son anxiété en respirant profondément. Du coin de l'œil, il vit que Kévin l'observait. Le fantôme était tout aussi tendu, mais pas pour les mêmes raisons : il avait peur que Matthieu revienne sur sa parole et fasse demi-tour.

Matthieu tenta de se rassurer. Après tout, des cambrioleurs se faisaient interpeller tous les jours ! Dans le pire des cas, il pourrait toujours se faire passer pour un fan un peu dérangé ? On n'envoyait pas en prison des doux-dingues, si ?

— Allez, de toute manière, tu as fait une promesse, on y va maintenant ! se sermonna-t-il pour reprendre courage.

La maison devant laquelle il s'était stationné semblait vide. Après avoir vérifié qu'il n'y avait personne dans la rue, il escalada le portail, fébrile, et courut plié en deux à travers le jardin. En s'aidant d'une cabane à outils, il sauta par-dessus la clôture mitoyenne et s'immobilisa.

Son cœur battait à tout rompre dans sa poitrine. Il y était. Il se trouvait sur les terres de Jenny.

— Va faire un tour de la maison, voir si quelqu'un traine dehors, ou s'il y a une porte ouverte.

Kévin fit le tour de la propriété à petite foulée silencieuses et revint faire son compte rendu à Matthieu.

— Personne. Mais pas d'ouverture non plus.

— Merde.

Matthieu avisa la porte qui menait au sous-sol devant lui. Toujours courbé en deux, il parcourut les quelques mètres qui le séparaient de la bâtisse.

Lentement, il appuya sa main sur la poignée, jusqu'à ce que la porte s'ouvre. Elle n'était pas verrouillée. Le jeune homme ferma un instant les yeux pour se donner du courage et pénétra dans la maison.

— Tu refais un tour ?

Kevin s'exécuta silencieusement.

— Personne. L'accès au rez-de-chaussée se fait par-là, dit-il en tendant le bras pour indiquer la direction.

En haut de l'escalier, Matthieu colla son oreille à la porte. Il entendait une voix d'homme et les pleurs d'une femme. Il serra les mâchoires. Il s'en voulait de violer ainsi l'intimité d'une famille en deuil.

— Ils vont être dévastés, souffla-t-il à Kévin.

— On fait pour eux ce qu'ils ne peuvent pas faire pour leur fille, on leur rend service…

C'était l'argument qu'utilisait Matthieu pour essayer de se convaincre de son action. Sans grand succès.

— Jette un coup d'œil, dis-moi si la voie est dégagée.

Kévin s'en alla pendant de longues minutes. Puis tout à coup, un bras fantomatique passa à travers la porte, pouce levé en l'air.

Matthieu ouvrit la porte avec toutes les précautions du monde et Kévin, un doigt sur la bouche, lui intima le silence. Il lui fit signe de le suivre et, sans un mot, le jeune homme l'accompagna à l'étage.

Seules deux des portes étaient décorées. Probablement de la même manière depuis quinze ans. La première indiquait « *Chloé* » avec des lettres colorées. La sœur devait être dans sa chambre, Matthieu l'entendait parler au téléphone et une chanson de Jenny habillait le fond sonore.

La seconde porte affichait le prénom « *Aline* » surplombant une petite licorne en bois. Kévin pointa la seconde du doigt avant de passer à travers. Matthieu le suivit et referma la porte derrière lui, sans un bruit. La chambre était à peine éclairée par la lumière de la lune et il fallut quelques secondes pour que les yeux du jeune homme s'habituent à l'obscurité ambiante.

Lorsqu'il fut enfin capable de discerner les meubles de la pièce, il se mit à la recherche de l'urne.

Kévin faisait le guet, la tête passée à travers la porte.

— Putain, je la trouve pas, on fait quoi si elle est dans le salon ? chuchota Matthieu.

Le fantôme ramena sa tête dans la chambre, l'air effaré :

— Quelqu'un arrive, dit-il d'une voix paniqué, en se réfugiant derrière son ami.

La porte s'ouvrit brutalement sur une jeune femme, batte de baseball en main.

Matthieu hoqueta. Il vit tout à coup son avenir se dessiner devant lui : se faire fracasser le crâne à coups de batte de baseball, être embarqué par la police, se pencher pour ramasser des savonnettes dans les douches de la Santé pour de grands gaillards avec des croix gammées tatouées sur le crâne. Il eut la réaction d'un lapin pris dans les phares d'une voiture et se figea, attendant l'impact.

— C'est pas ce que vous croyez, bégaya-t-il.

— Ta gueule, le coupa la jeune femme.

Matthieu se tut et leva prestement les mains au-dessus des épaules. un pic-vert cocaïnomane tambourinant dans la poitrine et la gorge nouée l'empêchaient d'articuler le moindre mot. La jeune femme posa le bout de sa batte sur son plexus et le fit reculer jusqu'au mur, traversant au passage Kévin, toujours planqué derrière lui.

— Qu'est-ce que tu fous là ? aboya-t-elle.

— On… Je… J'veux juste répandre ses cendres, comme elle le demandait. S'il vous plaît, n'appelez pas la police.

La panique l'avait complètement envahi et il chercha une issue du regard.

— Vous n'avez donc aucune morale ! Vous vous dites fan, mais vous ne respectez même pas une famille en deuil. Ma sœur n'aurait jamais accepté qu'on trouble la tranquillité de ses proches en son nom.

Tandis qu'elle parlait, la jeune femme agitait la batte de baseball sous le nez de Matthieu.

— Je vous en prie, je vous en prie !! Je... Je ne suis pas un fan. J'ai...

Matthieu ne savait pas par quel bout prendre son problème. À quel moment avait-il cru que ce serait une bonne idée ? Vaincu, il se laissa glisser contre le mur et s'assit par terre. Après tout, s'il devait se faire casser la gueule, autant ne pas offrir de résistance et espérer que ce soit rapide. Il méritait ce qui lui arrivait. Le coup qu'il attendait ne vint pas. À la place, le regard noir de Chloé Debreuil, la trentaine, un mètre soixante-cinq et approximativement 55 kilos, attendait une explication.

— J'ai un ami qui tenait beaucoup à votre sœur, dit-il avec un semblant de calme dans la voix. À vrai dire, il ne vivait que par elle. Mais... Lui aussi a mis fin à ses jours. Je... Je suis là parce que je sais qu'il aurait voulu qu'on respecte ses dernières volontés. Je ne voulais pas vous déranger, je ne voulais pas vous faire peur, juste respecter l'artiste et le fan. Faire d'une pierre deux coups, vous voyez ?

Bravo Matthieu, quoi de mieux pour passer pour un dingue ?

— Vous n'êtes pas un fan ?

— Je... euh...Non. Désolé.

La jeune femme sembla un instant en proie au doute. Elle fixa un point à gauche de Matthieu, là où se tenait à présent Kévin et tripota son pendentif, sourcils froncés.

— Elle me voit, tu crois ? demanda le fantôme.

Matthieu ne répondit rien, mais il se posait la même question.

— Suis-moi, dit-elle à l'attention de Matthieu.

Ce revirement laissa le jeune homme pantelant, mais déjà Chloé quittait la chambre. Comme il ne se décidait pas à se relever, elle fit volteface avant de lancer :

— Tu viens ou tu attends que mes parents te servent le thé ?

Sonné, Matthieu se mit en branle, suivant la jeune femme en pilote automatique. Il pensait reprendre le chemin qu'il avait emprunté, mais au lieu de ça, Chloé pénétra dans sa propre chambre et referma la porte derrière lui, après l'avoir tiré à sa suite. Elle abandonna la batte sur son lit, ouvrit sa fenêtre et enjamba le rebord, se raccrochant de justesse à la branche du grand chêne qui jouxtait la chambre.

— Mais… Euh… Vous… Tu fais quoi ?

—J'espère que t'as pas peur du vide, c'est la manière la plus discrète de sortir.

— Mais… On prend pas ta sœur ?

— Conserver les cendres, c'est comme les répandre, c'est interdit, blaireau.

D'un pas agile, elle descendit l'arbre avec l'assurance de celle qui avait souvent fait le mur. Elle atteignit le sol avant que Matthieu ne pose le pied sur la première branche. Il la suivit laborieusement et soupira en regagnant enfin la terre ferme. Elle prenait le chemin de l'entrée du pavillon, lorsque le jeune homme lui saisit la main et l'attira dans la direction opposée. À son regard, Matthieu comprit qu'elle se retenait de lui mettre une grande gifle pour le faire lâcher. Il leva les deux mains à hauteur de poitrine :

— Il y a une voiture de police garée par-là, il faut franchir la clôture de derrière et traverser le jardin des voisins.

Chloé le suivit à contre cœur et, en un sprint à peine, ils se retrouvèrent à la voiture.

Du pouce, il déverrouilla sa décapotable et Chloé s'engouffra dedans.

— Alors ? demanda le jeune homme.

— Alors quoi ? répondit Chloé.

— Elle est où ta sœur ?

Chapitre 6

Chloé avait mené Matthieu jusqu'au funérarium.

Le jeune homme fit un rapide tour du bâtiment. Aucune lumière ne filtrait à travers les ouvertures : aucun employé ne semblait faire des heures supplémentaires. Il revint à l'entrée fermée par un rideau de fer. Matthieu avait déjà vu l'employé de la superette ouvrir en bas de chez lui. Normalement une serrure sur le côté du rideau permettait d'actionner le mécanisme. Bingo !

— Et maintenant ? demanda la jeune femme.

— Quand j'étais petit, j'ai appris à forcer des cadenas avec des trombones, répondit-il avec un sourire plein d'assurance. Tu aurais pas une épingle, ou un petit fil de fer ? Je suis sûr que cette serrure ne me résistera pas longtemps.

Chloé leva les yeux au ciel, et ramassa une grosse pierre avant de la jeter à travers une fenêtre moins sécurisée. Le fracas résonna sur le parking mal éclairé du funérarium. Matthieu, se figea, attendant déjà les menottes. Rien.

— C'est ouvert, maintenant, lui signifia Chloé pour l'inviter à entrer.

— Allez, c'est pas le moment de te dégonfler, chuchota Kévin.

Chloé ne l'avait pas attendu et fouillait déjà les premières pièces. Le jeune homme rassembla son courage et se lança dans le deuxième cambriolage de la soirée. Kévin se jeta à sa suite, plus ou moins volontairement, obligé de suivre l'ancre dans la poche de son ami.

La jeune femme semblait familière des lieux et eut tôt fait de mettre la main sur l'urne de sa sœur. Elle ressortit par la fenêtre comme un rugbyman, son ballon sous le bras. Matthieu ne demanda pas son reste et déguerpit aussi vite qu'il était possible de le faire sans s'ouvrir les veines sur les débris de verre.

Ils regagnèrent la décapotable au pas de course, et Matthieu s'éloigna rapidement du lieu de leur forfait.

La peur passée, le jeune homme ressentit une grande excitation. Il venait de se rendre complice d'un vol. Ou bien il en était l'auteur, il ne savait pas trop. Il n'avait pas ressenti ça depuis la fois où il avait volé un paquet de bonbons à la caisse du supermarché où allait sa mère.

Qui vole un œuf, vole un bœuf, dit-on. Il semblait qu'ici l'adage se vérifiait. Enlevé le poids de faire du mal à une famille en deuil, quelle drôle de sensation que de devenir un truand pour aider les autres. Il se sentait un peu Robin des Bois, avec sa Dame Marianne sur le siège passager.

— Merci de ton aide, dit-il une fois garé. Je prendrai soin d'elle, c'est promis.

— T'as vraiment cru que j'allais laisser ma sœur aux mains d'un inconnu ? Je suis d'accord pour que ses dernières volontés soient exécutées, mais ce sera fait en ma présence. C'est non-négociable.

Kévin explosa de rire.

— Haha, elle t'a tué !

— Oui, ben ça va, maugréa Matthieu autant pour répondre à Kévin qu'à Chloé.

Il marqua un silence avant d'ajouter :

— Bon. Du coup, tu as besoin d'un taxi, quoi. On va où maintenant ?

Chapitre 7

Ils n'avaient pas démarré, que déjà les problèmes commençaient.

— Le théâtre Gallois, dans le 6e arrondissement, lança Kévin comme un capitaine donne ses ordres à son équipage. C'est là qu'elle a pris ses premiers cours de chant.

— Elle n'a pas précisé de lieux en particulier, mais on pourrait commencer par Saint-Quay-Portrieux, c'est là qu'on partait en vacances quand on était gamines, suggéra Chloé.

— Avec un nom pareil, c'est en Bretagne, non ? demanda Matthieu.

Chloé hocha la tête.

— On pourrait peut-être repasser par Paris, le théâtre Gallois mérite un détour, non ?

— Comment le sais-tu ? Elle se gardait d'en parler à la presse. Elle voulait que le théâtre reste un sanctuaire, loin des paparazzis.

Matthieu interrogea Kévin du regard. L'adolescent écarta les bras.

— La communauté de fans est bien renseignée. Mon ami m'avait demandé de l'accompagner déposer une rose là-bas, lorsque Jenny déprimait.

— Bien joué, approuva Kévin.

Si la jeune femme se douta qu'il mentait, elle n'en laissa rien paraître.

— Très bien, allons-y !

Matthieu enclencha la première. À peine arrivés au bout de la rue, ils furent interceptés par une patrouille de police.

Chloé planqua prestement l'urne derrière ses jambes et Matthieu baissa sa vitre.

— Bonjour, Monsieur. Papiers du véhicule, s'il vous plait, demanda le flic, avec un salut mécanique.

Le conducteur lui tendit pêle-mêle son permis, l'assurance et la carte grise de la décapotable. Lorsque le policier eut sommairement vérifié que tout était en ordre, il fit le tour de la voiture.

— Vous pourriez ouvrir le coffre, s'il vous plait ?

— Euh… Oui… Y a un problème ?

Le policier ne répondit pas. Il se rapprocha de son collègue et parlait à voix basse, pointant du doigt le véhicule à intervalle réguliers. Il sortit son téléphone de sa poche, sembla chercher quelque chose dessus, et comparer le résultat avec son collègue.

— Vous l'avez depuis longtemps, ce véhicule ?

— Deux ou trois ans, pourquoi ?

— Pas de problèmes de vol ?

— Pardon ? Comment ça ?

— On ne vous a jamais volé votre voiture, ou des accessoires ?

— Euh… non… Est-ce qu'il y a un problème, Monsieur ?

— Nan, nan, tout va bien, mais pour être honnête, c'est pas tous les jours qu'on contrôle ce genre de voiture, j'me demandais si c'était assez spacieux…

Matthieu soupira de soulagement.

— Oh… Ben écoutez si vous êtes célibataires et que vous avez pas plus d'un pack d'eau et quelques conserves à ramener chez vous, ça fera l'affaire, sinon, laissez tomber, répondit-il en ouvrant le coffre.

— Ah ouais effectivement, je comprends que ma femme préfère un monospace. Et niveau consommation, ça donne quoi ?

Ça consomme surement presque autant que toi et tes collègues au PMU après le service, pensa Matthieu.

— Je dois avouer que c'est une belle voiture, mais niveau consommation, c'est ni très écologique, ni très rentable, finit-il par répondre.

Il renseigna ainsi les policiers pendant une dizaine de minutes, avant qu'ils ne consentent à le laisser repartir.

Matthieu mit quelques secondes à retrouver la première pour quitter sa place de stationnement. Il avait le souffle court et la main tremblante.

— Pfiou, on a eu chaud, commenta Kévin.

— Quelle idée aussi, de faire un cambriolage et de repartir dans une décapotable jaune. Bravo pour la discrétion ! s'exaspéra Chloé.

— Elle a pas tort, renchérit l'adolescent.

— Ça va, hein, j'ai fait avec ce que j'avais sous la main, se renfrogna Matthieu en redémarrant. Si ça te plaît pas, tu peux aussi y aller à pied, tu seras plus discrète.

Il fallut à peine une heure au jeune homme pour arriver au théâtre. Chloé avait gardé le silence pendant le trajet, tandis que Kévin semblait s'amuser comme un petit fou.

Des spectateurs sortaient de la salle à rythme régulier, et Matthieu se demandait comment ils allaient pouvoir répandre les cendres discrètement. Visiblement moins inquiète à ce sujet, Chloé, l'urne sous le bras entra dans l'établissement. Le jeune homme la suivit, interloqué.

Elle semblait connaître les lieux et emprunta directement un escalier de service sur la droite pour monter aux bureaux de la direction. Elle croisa un gros barbu en chemise hawaïenne qui lui tomba dans les bras.

— Chloé ! Qu'est-ce que tu fais là ?

— Salut Marcel, je suis désolée de passer sans prévenir. Je te présente Matthieu, un ami. On aurait un service à te demander.

— Bien sûr, entrez.

Il fit un vaste geste du bras pour les inviter à pénétrer dans son bureau. Sur les murs, des affiches de concerts dédicacées par Jenny recouvraient une peinture défraichie, en partie jaunie par la nicotine.

— J'ai appris pour Aline, comme tout le monde, hein... Je suis sincèrement désolé. Je n'ai pas eu le courage de venir aux obsèques… C'était trop dur.

Son visage à moitié mangé par la barbe grisonnante se tordit dans un rictus et ses yeux s'embuèrent.

— Tu sais que je l'aimais comme ma propre fille. Ta sœur était une gentille gamine et…

Il sembla seulement aviser l'urne dans les bras de la jeune femme.

— … Et… Tu l'as amenée ? dit-il en s'effondrant sur sa chaise de bureau.

— Tu sais, elle voulait que ses cendres soient répandues et je pense qu'elle aurait été contente qu'une part d'elle demeure ici.

— Tes parents ont donc changé d'avis, vous avez décidé de le faire quand même ?

— Oui, mentit Chloé.

Marcel soupira dans un râle. Le géant sortit trois verres et une bouteille de whisky bon marché. Il servit trois doses de cheval avant de tendre les boissons à Matthieu et Chloé.

— Il va falloir patienter une petite heure, le temps que la représentation soit terminée et que les spectateurs aient évacué la salle. Mettez-vous à l'aise leur dit-il en désignant un canapé en cuir usé.

Les deux jeunes gens s'exécutèrent en silence.

— Je n'en reviens pas d'être dans le bureau de Marcel Mangaroca, le professeur de chant de Jenny, s'extasia Kévin, hystérique.

Une lampe clignota, comme pour marquer l'enthousiasme de l'adolescent. Tout le monde se tut, y voyant là une intervention de Jenny elle-même.

— Je me rappelle la première fois qu'elle est entrée dans ce bureau, avec tes parents. Elle avait l'air un peu absente ou triste, je sais pas. Mais dès que je lui ai demandé de chanter, son regard s'est éclairé. Je pouvais lire à la fois la concentration et l'abandon dans son regard. À dix ans, elle était déjà hors normes.

Chloé soupira discrètement et Matthieu fut étonné de l'entendre manifester son agacement. Il supposa qu'elle avait entendu toute sa vie à quel point sa sœur était géniale et que le discours commençait à lui peser.

— Ça ne doit pas être facile de grandir dans l'ombre du génie, supposa Kévin.

Matthieu acquiesça silencieusement. Il laissa Chloé et Marcel se remémorer celle qu'ils avaient perdu.

Kévin s'était glissé entre les deux jeunes gens, genoux contre sa poitrine et écoutait sans en perdre une miette.

Marcel avait été le coach vocal de plusieurs grands noms de la chanson française. Il y avait près de vingt ans, il avait décidé de changer de voie et avait ouvert son théâtre. Lorsque les parents de Jenny lui avaient demandé de s'occuper de l'enfant, il avait tout d'abord refusé. Devant l'insistance de la famille, il avait fini par accepter d'entendre la petite chanter et avait été conquis. Elle fut la seule pour laquelle il avait fait cette exception.

— Bon… Je pense qu'il n'y a plus personne maintenant, lança Marcel en jetant un coup d'œil à sa montre. Venez !

La petite troupe suivit le géant à travers son établissement. Il ouvrit une porte donnant sur l'un des balcons de la salle de spectacle.

— C'est sur cette scène que je la faisais répéter.

— Euh vous êtes sûr, demanda Matthieu, on va en foutre partout sur les sièges, là.

Marcel haussa les épaules :

— Une équipe de nettoyage s'en occupera demain, mais il en restera toujours un peu, c'est le principal, non ?

Chloé acquiesça avant de prendre une poignée de cendres. Matthieu observa son visage tendu et y lut une forme de soulagement lorsqu'elle les jeta du haut du balcon. Le nuage ainsi formé dans la salle exempte de courant d'air, mit un temps infini à retomber.

Matthieu jeta un coup d'œil à Kévin. Il avait l'air grave mais semblait maîtriser l'émotion qui l'étreignait. Il tendit une main pour saisir celle du fantôme, qui lui offrit un sourire un peu triste en retour.

Chloé tripotait son pendentif, le regard perdu dans les volutes qui dansaient devant les projecteurs.

Même le bavard Marcel garda le silence.

Au bout d'une dizaine de minutes ils se regardèrent, puis quittèrent la salle sans ajouter un mot.

Chapitre 8

— Direction la Bretagne ? demanda Matthieu.

Toujours silencieuse, Chloé opina du chef. Matthieu enclencha la première et se plia aux ordres du GPS. La jeune femme semblait tourmentée et n'avait pas lâché un mot depuis qu'ils avaient quitté Marcel.

— C'est quand même un sacré personnage, le Marcel, non ?

— Oui, et il a le cœur sur la main. J'ai passé quelques heures dans son bureau, enfant. J'ai toujours aimé l'ambiance feutrée des lieux. Je m'y sentais chez moi.

— Ça n'a pas dû être simple de grandir dans l'ombre de ta sœur, de se plier à son emploi du temps et ses répétitions.

Chloé garda le silence quelques instants, avant de répondre.

— Non ce n'était pas facile. J'aimais ma sœur plus que tout. J'ai toujours tout fait pour qu'elle réussisse. Elle en faisait autant, d'ailleurs. Mais nos proches se tournaient plus volontiers vers elle que vers moi. Mes parents se targuaient de ne pas faire de favoritisme, mais mes compétitions d'équitation passaient toujours après ses récitals. Je pouvais faire ce que je voulais, tant que ça ne croisait pas son emploi du temps.

Matthieu considéra la position de Chloé au sein de sa famille…

— J'en aurais voulu à la terre entière si j'avais grandi dans cette ambiance-là. Et à ta sœur en premier.

Pour la toute première fois, Chloé eut un franc sourire.

— Je m'en suis toujours voulu de me plaindre à ce propos, parce que les gens imaginent que je viens d'une famille de tyrans, mais en réalité, j'ai eu aussi plein de bons souvenirs grâce à elle. Un jour, elle a pris sa voiture dès la fin de son concert, a traversé une partie de la France, et m'a récupérée chez moi pour me faire venir au concert suivant, le soir même. Elle a assuré son show après une nuit blanche et a tenu à me présenter tout son *staff* autour d'un verre. Nous nous sommes tous couchés vers huit heures du matin. Elle dormait déjà dans mes bras depuis trois heures. Ça restera gravé dans ma mémoire …

Le sourire de Chloé s'était imprimé sur son visage à l'évocation du souvenir et refusait de le quitter. Matthieu en profita :

— Du coup, on se connaît pas bien : tu fais quoi de ta vie ?

— Je suis *make up artist*…

Matthieu leva un sourcil.

— Pour les morts, acheva Chloé.

— *Wait*… t'es thanatopractrice ??? Genre, tu maquilles les morts ?

Il brûlait à Matthieu de demander si elle avait maquillé sa sœur, mais il se retint de poser la question.

— C'est ça. Enfin… Je les maquille, je les rends présentables, je les habille aussi…

— Wouah, j'ai jamais vu de mort en vrai… C'est comment ?

— C'est froid, rigide, mort, et beaucoup plus facile à manipuler parce qu'on ne les connaît pas.

— Oui, j'imagine.

Matthieu enclencha son clignotant pour rejoindre l'autoroute.

— Dis… Je peux te poser une question ?

— Dis toujours.

— Tu tiens le coup avec ta sœur ?

Elle regarda Matthieu, étonnée.

— Moi je suis fils unique, je n'ai jamais perdu personne de proche, mais je n'imagine pas ce que tu peux traverser, surtout vu les conditions de son départ.

Le visage de Chloé se ferma un instant mais elle finit par lui répondre.

—Je lui en veux de s'être suicidée, lâcha-t-elle. Je m'en veux de ne pas avoir été là. Mais étrangement, je n'ai pas l'impression qu'elle soit partie. Je la croise encore partout, à la télé, sur les affiches de concerts… Quand il m'arrivera quelque chose et que j'aurai le réflexe de l'appeler au téléphone, avant de me rappeler que personne ne répondra, là, je pense que j'imprimerai qu'elle est partie. Pour l'heure, ma tête le sait, mon cœur l'ignore.

Le cœur de Matthieu se pinça. Dans un élan de gentillesse, il avait saisi l'épaule de Chloé. Un œil sur la route, l'autre sur sa compagne de voyage, il eut un sourire.

—Je suis là, si tu as besoin d'en parler.

Chloé dégagea son épaule

— On se connaît pas, si je dois me confier à quelqu'un, ce ne sera pas à toi.

La réflexion piquait, mais Matthieu ne lui en tint pas rigueur. Elle avait raison et il devait apprendre à museler son chevalier blanc. Le regard de la jeune femme s'assombrit et elle redevint mutique. Il la vit du coin de l'œil essuyer une larme qui roulait sur sa joue. Matthieu profita de la première aire d'autoroute pour s'arrêter.

— J'ai besoin de fumer une clope et de pisser. On se retrouve au carrosse dans dix minutes ?

— Ça marche.

Matthieu s'éloigna rapidement de la voiture. La main enfoncée dans sa poche, il serrait de toutes ses forces la petite culotte qui y trainait.

Lorsqu'il fut à distance respectable de la jeune femme, il s'adressa à Kévin, qui avait eu la gentillesse de se faire aussi discret que possible à l'arrière du véhicule.

— Kévin, il faut qu'on parle.

L'adolescent ouvrit de grands yeux.

— Tu vas pas m'abandonner sur une aire d'autoroute, Matt. Je suis pas un chien, la SPA ne va pas me recueillir !

— Si tu m'aboyais pas autant dessus, aussi… J'me dis juste que… Écoute, c'est son deuil qui est en jeu. Et le tien. Je n'ai pas ma place ici. Je pourrais te laisser à ses soins et vous feriez ensemble le tour de France de Jenny. Vous pourriez parler de sa sœur, c'est surtout important pour vous, tu vois…

Kévin semblait hésiter entre la colère et la tristesse.

— Mais Matt, on devait faire ça ensemble… Tu… Tu t'en fous vraiment ?

— Moi, ce que je veux, c'est que vous soyez heureux… Et vous avez pas besoin de moi pour ça…

— J'sais pas… On fait quand même une bonne équipe, non ?

— Tu doutes de faire une bonne équipe avec Chloé ? Elle est mignonne, elle a l'air pas trop con, et elle aime Jenny plus que tout. C'est ta partenaire de jeu idéale. C'est elle qui aurait dû emménager dans notre appart !

— Si tu penses que c'est mieux…

Kévin n'avait l'air que moyennement convaincu, mais même si l'idée lui était douloureuse, c'était la meilleure chose à faire.

Lorsqu'il remonta en voiture, le regard de Chloé était perdu dans le vide.

— Dis… Je voulais te proposer quelque chose.

Il ne comptait pas lui parler de Kévin immédiatement. Il ne voulait pas la voir fuir tout de suite, mais si elle acceptait son deal, il avait bien l'intention de lui remettre l'ancre de l'adolescent.

— Ce voyage, c'est plus le tien que le mien. Si tu veux faire ton deuil tranquille, je peux te laisser finir la route sans moi. Je te l'ai dit, je ne suis pas un fan. Si je suis là aujourd'hui, ce n'est que pour mon ami et cette aventure, tu peux la vivre sans moi. Donc… Si c'est ce que tu souhaites, je te laisse les clés de la voiture et tu en fais ce que tu veux. Honore juste la mémoire de mon ami en allant jusqu'au bout. Qu'en dis-tu ?

— Tu me laisserais les clés de ta voiture ?

— Oui, j'prendrai un taxi pour rentrer, c'est pas un souci. Tu me la ramèneras quand tu auras fini.

— Je… Non, c'est hors de question. Je peux pas prendre ta voiture et j'aime autant que tu m'accompagnes.

Elle sembla hésiter à poursuivre, avant d'ajouter :

— Tu sais, je ne subis pas ta présence et je suis assez contente de faire le chemin avec une personne amicale qui ne fait pas partie de ces *freaks* qui collaient au cul de ma sœur.

— J'l'aime bien celle-là, lança Kévin… Eh attends, elle parle pas de moi, hein ?

Matthieu eut un petit sourire. Il aimait bien Chloé et il était content de poursuivre son voyage avec elle. Il était content de sortir de chez lui. De voir d'autres personnes, qu'on n'en ait pas après son argent, de retrouver ses premières relations normales depuis longtemps, même si elles se composaient d'une inconnue en deuil et d'un fantôme dépressif.

Chapitre 9

Allongé sur le lit d'un hôtel de la banlieue rennaise, Matthieu tentait de comprendre comment sa vie avait pu être chamboulée en à peine quelques jours.

La réponse tenait en un mot : Fantôme.

Depuis que Kévin était entré dans sa vie, ses convictions et ses habitudes avaient été bouleversées.

Chloé était dans sa chambre et Matthieu, même s'il appréciait la jeune femme, était heureux de d'avoir Kévin rien que pour lui et de pouvoir lui parler librement.

— Tu sais, j'étais pas vraiment parti pour un *roadtrip* avant de te rencontrer. Tu t'en rends compte ?

— Oui, je sais, répondit Kévin en rassemblant ses pieds sur l'assise de son siège. Je me rappelle le jour de ton arrivée à l'appart. Quand les déménageurs sont partis, tu t'es mis à pleurer.

Le visage de Matthieu se ferma. Il n'aimait pas qu'on pointe ses faiblesses. Sans s'en soucier le moins du monde, Kévin enchaina :

— J'ai bien vu que tu voulais plus voir personne. Tu as congédié déménageurs et livreurs avec plus de force qu'un coup de pied au cul. Même celui qui t'apportait ta pizza. C'est dire. Ce que je comprends pas, c'est pourquoi tu tiens à être seul alors qu'à l'évidence, ça te terrifie.

— Ça me terrifie pas, rétorqua Matthieu, sans plus d'arguments à avancer.

— Matt, tu parles dans ton sommeil…

— Et ?

— *Ne m'abandonne pas*, pleurnicha Kévin en imitant la voix de son colocataire.

— Ok, ça va. Je faisais des cauchemars quand j'étais gamin. Ils sont revenus récemment.

— C'est pas grave, tu sais. Je veux dire… De pas être infaillible. Tu as le droit d'avoir des faiblesses, hein.

— Et toi, alors, on en parle des tiennes ? Tu m'as toujours pas dit pourquoi tu t'étais suicidé ?

Matthieu avait répondu sous le coup de la colère, mais il regretta ses paroles au moment même où elles franchirent ses lèvres.

— Va chier, répondit l'adolescent, tandis que les rideaux se tiraient d'eux même devant la fenêtre.

Kévin se tourna ostensiblement, visage vers le mur pour ne pas voir Matthieu.

— Désolée, Kev'… Je voulais pas te blesser… Je…

— Je lui ai avoué que je l'aimais, lâcha Kévin sans autre forme de préambule. On peut condamner quelqu'un parce qu'il aime ?

Matthieu ne comprenait pas où il voulait en venir.

— Une fille t'a rembarré ? C'est pour ça que tu t'es suicidé ?

— Nan, pas une fille : Max.

Il lui semblait que Kévin avait déjà mentionné ce prénom, mais mit plus longtemps qu'il n'aurait voulu à le resituer.

— Max, ton meilleur ami ?

Kévin eut un trémolo dans la voix en répondant :

— Oui…C'était mon confident, celui qui me comprenait, celui à qui je pouvais tout dire. Son corps animait mes rêves, son sourire me faisait vibrer aussi sûrement qu'un concert de Jenny. Il ne me jugeait pas pour mes passions, il m'encourageait dans tout ce que je faisais. J'ai fini par lui dire que ce que je ressentais pour lui allait au-delà de la simple amitié.

— Mais… Tu es gay, en fait ? C'est ça ton problème ?

Kévin baissa pudiquement les yeux.

— Ça a été une période difficile, tu sais ? Celui que j'aimais m'a jeté au visage qu'il n'était pas un pédé. Mais moi, je ne me suis jamais considéré comme un pédé, tu vois ? Moi j'étais juste amoureux. Parfaitement et inconditionnellement amoureux de Max.

La vérité frappa Matthieu. Kévin avait été dénigré pour les sentiments les plus purs et profonds qu'il ressentait. À une époque où les relations sociales lui étaient presque inconnues, au premier pas fait vers l'autre, on l'avait violemment repoussé. C'est une chose de se prendre un râteau, mais se faire traiter de dégénéré en prime, c'en est une autre. L'idée qu'on fasse du mal à Kévin lui était à présent insupportable.

— Je sais que je te l'ai déjà proposé, mais… Tu veux que j'aille lui casser les rotules à ce petit con ?

— Non, je veux plus le voir, et puis j'me suis pas suicidé à cause de lui, non plus.

— À cause de quoi, alors ?

— Ben…

Kévin ne voulait pas lâcher le morceau.

— Allez accouche, qu'est-ce qu'il s'est passé ?

— C'est Jenny. À cette période, elle a été la cible des médias. Je crois qu'elle était traquée, prise en photo à chaque instant, elle l'a pas supporté. C'est à cette période qu'elle a enchaîné les cures de désintox, qu'elle s'est rasée les cheveux.

— Tu t'es quand même pas foutu en l'air par compassion ?

— Nan... Je savais bien que tu comprendrais pas... Elle était mon pilier, mon ancre, mon phare dans la tempête.

— Et quand elle s'est montrée faillible, tu as perdu ton seul repère dans la tempête, devina Matthieu.

— C'est pas tant qu'elle soit faillible, que la souffrance que j'ai ressenti au contact de la sienne. Mon vase était déjà plein et ça a été la goutte d'eau, tu vois ?

Le jeune homme ne voyait pas vraiment, il n'avait jamais eu de sentiments aussi forts pour une inconnue. D'ailleurs, personne ne lui inspirait une telle empathie. Mais il imaginait bien ce que des sentiments aussi forts pouvaient induire.

— Moi, je retiens qu'une chose : t'es gay et tu me matais pendant la douche, lança Matthieu pour détendre l'atmosphère.

— T'es con, répondit Kévin en retrouvant son sourire.

Il donna un coup mou dans l'épaule du jeune homme.

— Bah... On va pas déprimer, on se mate un film pourri à la télé ? Allez, viens sur le plumard, mon chaton.

Kévin s'assit en tailleur sur le bout du lit. Par un effet de transparence, Matthieu parvenait à voir une image déformée de la télé à travers le fantôme de l'adolescent. Absorbé par le rendu, il n'identifia pas tout de suite l'information qui passait en boucle sur les chaînes nationales.

Matthieu sursauta en entendant Kévin s'exclamer :

— Putain, t'as vu ?

« Les cendres de Jenny dérobées par sa sœur. Elle et son complice pour le moment non identifié seraient partis à bord d'une décapotable jaune. »

Il fallut quelques secondes au jeune homme pour intégrer la nouvelle. Il bondit sur ses pieds et se rua hors de la chambre d'hôtel.

Il allait réveiller Chloé, mais la jeune femme le retrouva à mi-parcours :

— On est recherchés ! crièrent-ils à l'unisson.

Pour Matthieu, c'était un cri de peur, pour Chloé, un cri de victoire.

Sans crier gare, la jeune femme le saisit à l'épaule et l'entraîna vers sa chambre. Kévin les suivit, obligé de courir pour suivre la petite culotte enfoncée dans la poche de son ami.

— Ça a l'air de te faire plaisir, s'étonna Matthieu, une fois de retour devant la télé.

— Je pouvais pas trouver mieux pour faire chier mes parents et faire plaisir à ma sœur en même temps, répondit Chloé tout sourire.

— Mais je veux pas aller en prison, moi.

— Oh, s'il te plait, tu étais prêt à voler les cendres, avec ou sans moi, non ? Ben assume, maintenant !

Chloé marquait un point. Elle semblait parfaitement à l'aise. D'ailleurs, il ne lui manquait plus que le popcorn devant la télévision.

— Pour une fois que mon nom est cité aux infos, je vais pas me plaindre, jubila-t-elle.

Matthieu lui jeta quelques regards en coin qu'elle ne remarqua pas, absorbée par la télévision. Le visage de la jeune femme s'était illuminé, et il sentit une douce chaleur se répandre dans son corps, en même temps qu'un sourire étirait ses lèvres.

Chapitre 10

Les dangereux criminels étaient parvenus à passer les péages, sans difficulté. Les autorités ne semblaient pas avoir l'immatriculation de Matthieu. Ils arrivèrent sur la côte bretonne avant midi. La falaise était battue par les vents et le jeune homme se surprit à reluquer la nuque de Chloé, balayée par quelques mèches rebelles.

Matthieu espérait pouvoir relâcher les cendres au vent au-dessus du vide, mais Chloé tenait à descendre les quelques deux cent marches qui donnaient accès à la plage. L'urne a semi enterrée dans le sol pour être sûr qu'elle ne se renverse pas, les deux compères, se rendirent dans l'océan, relevant les jambes de pantalon pour résister à l'assaut des vagues.

— Elle a toujours aimé la Bretagne. Les touristes préfèrent s'entasser sur une plage du sud, que d'affronter l'eau froide.

— Et on comprend pourquoi, répondit Matthieu en grelottant.

Il dansait d'un pied sur l'autre en se frictionnant les avant-bras, refusant pour autant de s'éloigner de Chloé.

— Ta sœur semblait aimer sa tranquillité, observa-t-il.

La jeune femme lui répondit par l'affirmative d'un coup de menton.

— C'est étonnant, compte tenu de son métier, non ? risqua le jeune homme

— Pour vivre de la musique, la célébrité est le passage obligatoire, répondit Chloé d'un ton égal, mais si elle avait pu continuer à chanter sous la douche pour gagner sa vie, elle l'aurait fait. Être l'objet de tant d'attentes est une sacrée responsabilité et la pression qui l'accompagne est dévastatrice.

Matthieu s'immobilisa. Les pieds plantés dans l'eau, il se tut, pensif.

— Je voudrais aller à Deauville, ensuite, c'est pas trop loin, et on reste sur le bord mer. On pourrait lâcher quelques cendres dans le casino ?

— Je croyais que ta sœur n'aimait pas la foule ?

— Oui, mais elle n'a jamais su résister à un casino. Va comprendre.

Matthieu haussa les épaules et Kévin, en maillot de bain et pieds dans l'eau, ne trouva rien à redire.

Habituellement, l'adolescent portait un sweat capuche informe et un jean. Le jeune homme se demanda d'où lui venaient son nouveau look, mais la présence de Chloé l'empêcha de formuler sa question.

Un peu plus loin, trois gamines regardaient Chloé et Matthieu en pouffant. La vision du couple en train de se rincer les mains dans l'eau de mer devait prêter à sourire car elles ne les lâchaient pas du regard. Le jeune homme eut à peine un regard pour elles et lorsqu'elles entonnèrent *minuit 58*, le dernier titre de Jenny, Kévin se joignit à elles en braillant. Matthieu se détourna, un sourire aux lèvres. Il n'était pas rare depuis le décès de la star que des gens dans la rue chantent un des tubes qui passaient en boucle à la radio et depuis que les cendres de Jenny avaient été dérobées, le coup de pub avait amplifié le phénomène.

Le trio reprit la voiture et Kévin avait retrouvé son habituel sweat capuche. Jenny était attachée sur le siège arrière, aux côtés du fantôme qui veillait.

— On fait un bout de route et on s'arrête pour manger ? suggéra Matthieu.

Il y avait un restaurant sur la jetée où nos parents nous emmenaient quand nous étions petites. Il est encore un peu tôt et l'établissement n'a, en soit, rien de particulier si ce n'est la vue sur le port, mais j'irais bien y manger avant de reprendre la route.

— Ça me va, répondirent à l'unisson Matthieu et Kévin.

Le trio arriva au restaurant une heure avant le début de service. Ils décidèrent de faire le tour du port de plaisance, tantôt s'extasiant sur les bateaux, tantôt se moquant des noms qui leur avaient été donné.

Matthieu et Chloé parlaient peu, mais ils n'avaient pas besoin de plus. Les conversations étaient légères et c'était exactement ce dont ils avaient besoin.

— Parle-moi d'Aline, demanda tout à coup Matthieu.

Chloé eut l'air étonné.

— Je croyais que la vie de ma sœur ne t'intéressait pas ?

— La vie de la star m'importe peu, mais celle de ta sœur, de la personne qui a compté pour toi, je peux m'y intéresser, non ?

Chloé releva la remarque d'un sourire avant de répondre.

— Ma sœur avait des problèmes. Mais c'était ma sœur. Malgré toutes les conneries qu'elle a pu faire, elle avait le cœur sur la main et je l'ai toujours aimée plus fort que quiconque. Elle n'a pas toujours été le portrait qu'en a fait la presse people. Elle était solitaire, mélancolique et même discrète, quand nous étions petites. Mes parents l'ont poussée à faire de la chanson, parce qu'elle était douée.

Peut-être aurait-elle préféré chanter dans sa salle de bain, et gagner sa vie en étant institutrice ? Qui sait ? Une fois la voie tracée, c'est plus simple de la suivre que de faire demi-tour.

—Je n'ai suivi sa vie qu'à travers les gros titres journaux, j'en ai surement une image biaisée, mais elle avait l'air d'être quelqu'un de doux.

— Elle l'était. Probablement trop douce pour ce monde de requins. Si tu savais comme elle a été essorée, comme on l'a fait douter, comme on l'a manipulée. T'en serais dégouté d'écouter de la musique.

— Tu penses que quelqu'un l'a poussée au suicide ?

— Personne ne voulait la voir morte, si c'est ce que tu penses. Ma sœur était la poule aux œufs d'or. Mais chacun de ceux qui l'ont côtoyée, à leur manière, ont posé leur brique sur le mur de ses souffrances. Tu as déjà fait une soirée où tu as un peu abusé sur l'alcool et où tu as fait des trucs que tu regrettes ?

Matthieu voyait parfaitement de quoi parlait Chloé. Dans un frisson il fut happé dans le souvenir de sa dernière soirée, celle qui avait été à l'origine de son besoin d'ermitage. Il se souvint des escorts et de la coke apportés par les passagers de son yacht. Des amis d'amis, des personnes qu'il ne connaissait pas, mais qui savaient faire la fête. C'est étrange de voir que c'est quand on manque le moins d'argent qu'on vous offre le plus de choses. Ce n'est pas de la charité, c'est un investissement. Ces mêmes personnes n'auraient pas donné un sandwich à un SDF mais ils n'auraient pas hésité deux secondes à ramener pour cinq mille balles de champagne à une soirée. Matthieu s'en rendait compte à présent.

Ivre mort à minuit, il avait vomi sur l'une des escorts dont il ne se souvenait plus le nom, qui l'avait violemment giflé lorsqu'il avait sombré dans le coma quelques instants plus tard. Il s'était repris un énième rail de coke pour se requinquer avant que la nature ne se rappelle à lui et qu'il se vide de tous ses excès dans son lit, en rigolant bêtement. Ce fut trop pour la jeune femme qui avait jusque-là fait preuve d'une conscience qui allait au-delà du professionnalisme et de ce pour quoi elle était payée. Elle avait déguerpi sans demander son reste.

Il aurait voulu appeler l'un de ses amis. L'un de ceux avec qui il faisait les quatre cent coups lorsqu'il était ado. L'un de ceux dont il avait le soutien indéfectible. Ceux-là n'étaient pas présents ce soir-là sur le bateau. La tête dans un brouillard insondable, il trouva le nom de son meilleur ami dans son répertoire et l'appela.

— Allo ? lui répondit une voix enfantine.

— Simon ? Tu fais une soirée à l'hélium sans moi ?

— Allo ? répondit une voix masculine cette fois-ci.

— Simon ? T'as retrouvé ta voix !

— Matt ? Putain mais t'as vu l'heure ? T'as réveillé la petite !

— Oh ça va, dans quelques années c'est elle qui nous réveillera parce que son dernier RER sera parti sans elle.

Matthieu entendit son ami parler avec une femme. Au ton, le jeune homme devina qu'elle était énervée.

— Qu'est-ce que tu veux ? repris Simon.

— Je suis fin bourré, tu veux pas venir ? Y a des filles, argumenta Matthieu, oubliant l'objet de son appel.

— Tu fais chier Matt. J'ai passé l'âge pour tes conneries. Je te rappelle que je suis à Paris et que tu es sur la côte d'azur. Et quand bien même tu serais en bas de chez moi, je sortirais pas de mon lit pour t'ouvrir la porte. Démerde-toi avec tes nouveaux potes.

Les paroles de Simon firent légèrement dégriser Matthieu.

— Mais pourquoi tu dis ça ? T'es mon meilleur pote, je t'ai toujours invité aux soirées que j'ai organisé, t'étais bien content au début de gouter au champagne et au caviar ! T'es un putain d'ingrat !

Simon soupira :

— T'es devenu une loque, Matt, reprends toi. J'en ai marre que tu m'appelles que quand tu as besoin de moi.

Sans attendre de réponse, Simon raccrocha.

Même ses meilleurs potes s'étaient éloignés de lui. Il était dans la merde, maintenant. Littéralement.

— Allez, ça t'est forcément arrivé, relança Chloé, devant le mutisme de son compagnon.

— Oui, oui, bien sûr, se dépêcha de répondre Matthieu, et pas qu'une fois.

— Eh bien dis-toi que ma sœur a vécu ça, mais qu'à chaque faux pas, chaque excès, chaque erreur, un paparazzi était là pour immortaliser l'instant, et le partager avec le monde entier. Imagine-toi, une bite dessinée au marqueur sur ta joue parce que tu t'es endormi trop tôt pendant une soirée, et te retrouver en tête de gondole le lendemain.

—Je conçois à peine ce qu'a vécu ta sœur. Et je veux bien croire que connaître les détails de sa vie à travers les tabloïdes n'a pas dû être facile pour toi, d'autant que c'est rarement le meilleur qui y est dépeint.

— L'image que les magazines en ont fait est tellement éloignée de ce que je connais d'Aline. Oui elle a merdé, et souvent, de surcroit, mais ce n'était qu'un être humain qui dealait avec ses problèmes comme le feraient d'autres. Et surtout, elle était tellement plus que ça. Personne n'a jamais su les millions qu'elle a dépensé dans les œuvres caritatives. Elle a toujours tenu à être anonyme, elle donnait beaucoup parce qu'elle pouvait, comme quelqu'un avec un revenu modeste aurait donné dix ou quinze euros. Pour elle, c'était normal, elle ne voulait pas être mise en avant pour ça. C'est de cette Aline-là que j'aurais aimé qu'on parle.

Kévin reniflait bruyamment aux cotés de Matthieu. Le jeune homme lui-même essuya du revers de sa manche une larme sans doute provoquée par une conjonctivite fulgurante.

Chloé sembla également triste quelques instants, avant de relancer la conversation dans une autre direction :

— Et toi, alors ? Comment tu en es arrivé à rouler en décapotable tape-à-l'œil ? Un héritage ? Un gout prononcé pour le tuning qui fait passer ta voiture avant ton appart ?

Matthieu étouffa un gloussement.

— Un coup de bol. J'ai fait un investissement il y a quelques années qui m'a rapporté quelques millions. Je rêvais d'une voiture comme ça depuis que j'étais gosse, alors je me suis fait plaisir.

— Oh… Tu es riche, alors ? Pourtant, avec ton sweat-capuche et tes baskets, j'aurais pas dit.

— Ah, ah, je suis pas certain de la manière dont je dois le prendre.

— Oh, crois-moi, tu peux le prendre bien. Dans l'entourage de ma sœur, des gens friqués, j'en ai rencontrés. Tu fais bien de ne pas leur ressembler.

— J'ai beau tenir à mon confort, j'aime aussi mener une vie plus simple que par le passé.

— Tu as un peu trop flambé ?

— J'ai gagné beaucoup trop d'argent à une période où j'avais la maturité d'un lapin de trois semaines.

Chloé leva les yeux au ciel.

— J'imagine que c'est une réaction normale.

— La richesse soudaine t'apprend la vie aussi sûrement que la pauvreté, je crois, conclut Matthieu alors qu'ils pénétraient dans le restaurant.

Le Quay 911, bien que prévu pour accueillir un grand nombre de clients, était encore désert. Matthieu laissa Chloé choisir leur table. Sans hésiter, elle se dirigea sur la meilleure vue qu'offrait le restaurant sur l'océan. Il s'agissait certainement de la place qu'elle occupait avec sa famille lorsqu'ils y mangeaient autrefois.

La large carte offrait un large choix de plats. Trop large pour Matthieu qui préféra laisser Chloé choisir.

— Deux portions de moules-frites, avec un pichet de cidre, s'il vous plait, demanda-t-elle à la serveuse.

— Brut ou doux, le cidre ?

— BRUT ! répondirent en cœur, Matthieu et Chloé avec la voix de Stallone.

Ils se jetèrent un regard avant d'exploser de rire.

Chapitre 11

— Wow t'as vu ce peignoir, je ressemble à DSK là dedans !

— DS quoi ? demanda Kévin.

— Mon dieu, mais intéresse-toi un peu à autre chose qu'aux chanteuses pop ! le sermonna Matthieu en se jetant sur le lit. Ohhhh, on a bien fait de mettre le prix dans la chambre, pour changer, on va pouvoir dormir comme des bébés.

Le jeune homme sentait déjà la fatigue le recouvrir de son voile.

— C'est quand même dingue la vie qu'elle a eue, lança Kévin, réveillant à moitié son colocataire.

Le jeune homme se souvint de la conversation qu'il avait eu plus tôt avec Chloé. L'esprit déjà embrumé par le sommeil, Matthieu répondit à son ami sans filtres :

— Les excès, je comprends… le suicide… C'est bien trop définitif pour que je comprenne.

— Quand tu as le sentiment que la vie ne t'apportera jamais rien d'autre que de la merde, ça parait logique d'y mettre un terme.

L'agressivité dans le ton de Kévin fit prendre conscience à Matthieu de son faux pas. Il se tortilla sur le lit pour se rapprocher du fantôme et le prendre dans ses bras.

— Oh merde, je suis désolé, t'es tellement vivant à mes yeux que j'oublie parfois que toi aussi, tu t'es suicidé.

Son visage s'enfonçait dans le dos du fantôme lui donnant l'impression de s'endormir dans un léger courant d'air.

— Pardonne-moi, je suis vraiment trop con.

— C'est vrai que t'es trop con, répondit Kévin en se lovant un peu plus contre son ami.

La journée du lendemain débuta avec une séance de shopping. Matthieu et Chloé étaient partis sans change, oubliant qu'un tour de France ne se ferait pas en deux heures. Il était temps de faire le plein de vêtements pour les jours suivants. Ils en profitèrent pour acheter des vêtements de soirée, jugeant compliqué d'entrer dans le casino en jean baskets.

De retour à l'hôtel, le jeune homme se changea. Il avait l'impression de se rendre à son mariage, habillé comme ça. Il avisa Kévin, tout aussi solennellement vêtu.

— Mais où tu ranges tes fringues ? Comment tu fais pour te changer ?

— Qu'est-ce que tu veux dire ?

— Hier matin, tu nous as sorti ton plus beau moule-bite et te voilà maintenant en smoking, tu fais comment ?

Kévin baissa les yeux sur ses vêtements, comme s'il se rendait compte pour la première fois qu'il en portait.

— Ah oui, c'est vrai, tiens… J'avais pas remarqué. Je sais pas, ça me vient tout seul, répondit-il.

Matthieu leva les yeux au ciel : Kévin ne semblait pas concerné par grand-chose en dehors de Jenny.

— Je suis un jeune homme plein de mystères, conclut-il pour faire sourire son ami.

La réplique eut l'effet escompté, et le jeune homme lui donna l'accolade.

— Kev… Tu peux te voir dans le miroir ?

Quelque chose chiffonnait Matthieu. L'adolescent tourna la tête à la recherche d'un reflet.

— Oui, je me vois, moins nettement que ton reflet, mais je me vois, pourquoi ?

— Je sais pas, j'ai l'impression que t'as changé.

C'était presque impalpable, mais il semblait bien à Matthieu que Kévin avait brusquement pris de l'âge. Sa peau était plus nette, sa coupe de cheveux moins aléatoire, comme s'il sortait tout juste de l'adolescence.

— J'ai pourtant l'impression d'être toujours pareil, mais je me regarde pas non plus toutes les cinq minutes. Et puis, je me souviens plus bien de ce à quoi je ressemblais avant ma mort…

— Je sais pas… C'est peut-être juste l'effet costard qui te vieillit… On y va ?

La jeune femme les attendait dans le hall de l'hôtel. Elle portait une robe de soirée de couleur crème, fendue sur un côté dévoilant le galbe de sa jambe. Ses cheveux étaient montés en un chignon sophistiqué et son maquillage mettait en valeur ses jolis yeux noisette.

Matthieu dégluti péniblement. Elle était sublime.

— Wouah, souffla Kévin traduisant d'une interjection les pensées de son ami.

— T'enflamme pas, Matthieu, tout est dans le maquillage, déformation professionnelle, lâcha Chloé dans un clin d'œil.

***

Matthieu chercha la voiture du regard sur le parking.

— On était bien garés là, non ?

— Putain, on s'est quand même pas fait voler la caisse ?

— Ben j'crois bien… Bon ça fait chier, mais au pire, je rachète une 205 pour finir la route. C'est pas si grave…

— Mais Matthieu, y a les cendres de ma sœur dans ta caisse !

— Oh merde…

Une série de solutions vint en tête de Matthieu en cet instant. Un hélicoptère d'une force d'élite équipé d'une vision à infrarouge. Faire brûler l'hôtel, ouvrir une cagnotte leetchi, lancer un avis de disparition sur pet-alert. Rien de très concluant, en somme. Il eut une pensée pour le commercial au sourire affable qui lui avait vendu la voiture. Il devait déjà se frotter les mains à l'idée d'en vendre une deuxième. Tout à coup le jeune homme se souvint de l'abonnement *tracking* auquel il avait souscrit en achetant la voiture.

— Attends, je vais la géolocaliser sur mon application !

— Tu as un *tracker* dessus ?

— Oui, j'en voulais pas, mais j'ai pas osé dire non quand le concessionnaire m'a proposé l'option. Il avait une tête de con ce mec, mais je crois que je lui dois une bouteille.

Tandis qu'il parlait, Matthieu pianotait sur son téléphone.

— Bingo, elle est pas trop-trop loin.

Kévin, qui s'était tu jusque-là, lança :

— Allons-y, on va lui botter le cul à ce connard !

Ils ne mirent pas longtemps à trouver la cité dans laquelle était cachée la voiture. Plusieurs rangées de box s'alignaient en bas des immeubles.

— On va devoir les vérifier un par un, soupira Matthieu.

Plus bas, il ajouta à l'attention de Kévin:

— Tu peux passer ta tête à travers ?

L'adolescent n'avait pas attendu le signal de son ami pour se mettre au travail. Matthieu ne distinguait déjà plus que son derrière dépassant des portes métalliques.

Chloé, aveugle à ce qui pouvait se tramer, suivait Matthieu, cherchant un moyen de deviner où se trouvait la voiture.

— C'est foutu, si on pète pas chacune des portes, on trouvera jamais.

— Attends un instant, je cherche une solution.

— Je l'ai, brailla Kévin dix mètres plus loin.

— Nickel, s'écria Matthieu en accourant.

Un gros cadenas bloquait l'ouverture. Avec toute l'assurance dont il était capable, il s'approcha de Chloé et ôta l'une des épingles de son chignon. Il s'échina quelques minutes sur la porte avant d'entendre le déclic caractéristique. Le verrou était ouvert. La décapotable se tenait devant eux, intacte.

Chloé soupira de soulagement, probablement autant parce qu'elle avait retrouvé les cendres de sa sœur, que parce qu'elle n'avait ouvert le box d'un inconnu.

— *Wesh*, vous faites quoi, là ?

Un jeune homme d'à peine vingt ans en jogging-baskets s'approchait en vociférant.

— La vie de ma mère, je vais vous défoncer, c'est mon box, là.

— Salut mon pote, c'est ton box, c'est ma caisse, c'est son urne, c'est bien, on a tous retrouvé nos affaires. Merci de l'avoir garée, hein, je m'en serais voulu que quelqu'un la raye. Si j'avais su que l'hôtel avait un service voiturier, j'y aurais eu recours plus tôt. Voilà pour ta peine.

Alors qu'il finissait sa phrase, Matthieu envoya le morceau de tissus roulé en boule qui se trouvait dans sa poche depuis quelques jours. Par réflexe, le voleur s'en saisit.

— A toi de jouer Kévin, murmura le jeune homme.

Dans un premier temps, le voleur sursauta en voyant apparaître sous ses yeux un adolescent en smoking.

Les traits de Kévin se déformèrent comme dans un film d'horreur. Il semblait même à Matthieu que le fantôme dégageait une odeur de terre fraîchement retournée. Kévin, dont le visage fondait à la vitesse d'une bougie jetée au feu, se rua sur le gamin en jogging.

— Maudit soit–tu ! hurla-t-il avec une voix d'outre-tombe, toi et ta famille, sur les quinze prochaines générations ! Tes bâtards immondes seront mes jouets dans les limbes de l'enfer, tu seras stérile et incapable de désir jusqu'à ce que ta misérable vie s'éteigne dans les mains du grand Satan.

Le voleur se décomposa et hurla un cri suraigu.

Il lâcha la culotte qu'il tenait toujours en main et fit un magistral demi-tour avant de battre le record mondial du 100m.

— Comment veux-tu qu'il ait des bâtards, s'il arrive plus à bander et qu'il est stérile ? souffla Matthieu à l'attention du fantôme.

Kévin reprenait enfin son visage familier, au soulagement du jeune homme qui aurait probablement souillé son pantalon s'il avait été victime du même canular.

— Ah, oui, pas con… Oh tu sais, dans le feu de l'action… tu m'as pris au dépourvu, aussi…

— Tu m'expliques ce qui vient de se passer ?

Le regard noir de Chloé fit retomber l'hilarité de Matthieu. Quelle mouche la piquait ?

— Ben on a récupéré ma caisse, tes cendres, et on s'est pas fait passer à tabac ! Voilà ce qui vient de se passer, répondit Matthieu en ramassant la petite culotte abandonnée, un sourire toujours accroché sur le visage.

— Tu te fous de moi ? Tu crois qu'il a pris ses jambes à son cou à cause de ta carrure de crevette et de ton costard ? Qu'est-ce qu'il vient de se passer, Matthieu ? Pourquoi il avait cet air terrifié ? Et comment as-tu su quel box il fallait ouvrir ?

Sa compagne était vraiment en colère. Il baissa les yeux. Il n'avait pas envie de parler de Kévin. C'était sa relation privilégiée, et il peinait à la partager. Kévin était l'unique raison qui avait fait qu'il avait quitté son appartement. Sans le fantôme, il serait encore terré chez lui.

— Qu'importe, tenta-t-il, on a ce qu'on veut, non ?

Il se sentait stupide d'avoir cette conversation en tenue de soirée, au milieu d'une cité. Chloé ne répondit rien, mais ses joues rouges, sa respiration courte et le regard courroucé qu'elle lui jetait parlaient pour elle.

— Bon… Rentrons… Il faut que je te montre quelque chose, dit-il, résigné.

Chapitre 12

Piteux, et assis sur le lit, Matthieu tendit la culotte de sa sœur à Chloé.

— Tiens, prends ça.

— Qu'est-ce que tu veux que je fasse de ça ? J'attends des ré…

— Oh arrête un peu tes manières, et prends, j'te dis.

Matthieu était tendu. Il savait l'instant fatidique. Soit elle acceptait Kévin, soit elle prenait ses jambes à son cou. Il aurait voulu être moins brutal, mais il était du genre à prendre son inspiration et à sauter dans l'eau glacée plutôt que d'y aller petit à petit.

À contrecœur, Chloé prit le bout de tissus et le déplia. En voyant l'imprimé sur l'arrière, elle releva les yeux vers Matthieu.

— C'est une bla…

Au lieu du regard de Matthieu, elle rencontra celui de Kévin, assis en tailleur, tête penchée sur le côté, et doigts en V, comme l'aurait fait une touriste japonaise sur une photo.

— *Konichiwa* ! s'exclama-t-il.

Chloé eut un léger sursaut. Elle ferma les yeux, inspira longuement, souffla lentement, et les rouvrit. Sans un mot, elle transperça Kévin du regard avant de tendre la main vers lui. Ses doigts effleurèrent le visage de l'adolescent, sans qu'elle ne semble s'offusquer du froid qu'il dégageait.

Son visage chargé de colère changea petit à petit. Il s'adoucit, jusqu'à s'emplir d'une certaine tristesse et ce que Matthieu identifia comme de la nostalgie.

— Bonjour, dit-t-elle simplement, je m'appelle Chloé.

— Je sais, moi c'est Kévin.

— Je suis ravie de te rencontrer.

Kévin rougit légèrement en transparence. Matthieu se demandait pourquoi elle ne prenait pas ses jambes à son cou, mais le soulagement qu'il ressentait écartait les questions aussi sûrement qu'on chasse une mouche du revers de la main.

— C'est lui qui a fait peur au voleur et c'est aussi grâce à lui que j'ai su dans quel box se trouvait la voiture. L'ami qui était fan de ta sœur, c'est lui. Il tenait à ce que ses dernières volontés soient respectées. C'est entièrement grâce à lui qu'on se retrouve ici aujourd'hui.

Un sourire illumina le visage de Chloé.

— Je comprends mieux ! Joli travail, Kévin.

— Oui, merci. On peut partir, maintenant ? Aline attend !

C'était la première fois que Matthieu l'entendait appeler la star par son vrai nom, ce qui le fit sourire.

— Tu as raison. Nous sommes habillés, nous avons de nouveau une voiture, il est temps d'y aller.

***

Les cendres dissimulées dans un sac de congélation fourré dans son sac à main, Chloé avançait avec assurance vers l'entrée du casino qui rappelait la grandeur artificielle de Vegas, à ceci près qu'il était en pleine Normandie.

La jeune femme et Matthieu gravirent les marches, bras dessus bras dessous, suivis de près par Kévin.

— Les cendres de Jenny dans un vulgaire sac à congélation. Vous avez vraiment honte de rien, maugréa le fantôme.

— On a déjà eu ce débat, et tu l'as perdu, passe à autre chose, l'ectoplasme.

Matthieu fit une pause en avisant les vêtements des autres clients du casino : on était loin du *dress-code* d'un James Bond.

— Je crois qu'on s'est un peu trop lâchés sur la tenue, non ?

Sa Vesper d'un soir haussa les épaules :

— Tant pis, quitte à flamber, autant flamber jusqu'au bout.

Le jeune homme échangea quelques jetons, puis le trio s'avança au milieu des machines à sous.

— Alors, dis-moi tout, elle préférait quoi ta sœur ?

— Le craps, mais on risque de perdre notre argent trop vite. On pourrait peut-être tenter le poker, ça me parait moins risqué que les dés ?

— Je pourrais peut-être les influencer, les dés, suggéra Kévin ?

— Tu crois ? demanda Matthieu.

L'adolescent haussa les épaules.

— On peut toujours essayer ?

Les règles du Craps étaient cryptiques et ni Matthieu ni Chloé ne semblaient savoir ce qu'ils faisaient. Les dés roulaient trop vite pour que Kévin parvienne à influencer le résultat et bien vite, le trio arriva à court de monnaie. Ils s'en moquaient. Ils s'amusaient comme des fous, encourageant tantôt Kévin, tantôt le croupier qui ne comprenait pas bien qui était ce Kévin.

— Bon, il nous reste l'équivalent de dix euros, après c'en sera fini, il faudra rentrer, avertit Matthieu.

— On tente une roulette ? On mise tout sur le quatre, c'était son chiffre porte-bonheur ! proposa Chloé.

— À ta sœur ? Soit, peut-être que miser sur la chance sera plus efficace que miser sur Kévin.

— Hey, t'es dur là, je fais ce que je peux, j'aimerais bien t'y voir, moi, se rebiffa l'adolescent.

Sans l'écouter, Matthieu jeta ses jetons sur le numéro quatre. Le croupier lança la roue, puis la petite bille.

— Allez Kévin, c'est le moment de faire des miracles, lança Chloé.

Le temps se suspendit quelques instants et le jeune homme retint sa respiration. Ses doigts se serrèrent doucement à mesure que la bille ralentissait sa course. La roue n'était pas encore arrêtée lorsque la petite boule eut un tressaut et vint se loger dans la case du numéro quatre.

Chloé et Matthieu hurlèrent leur joie à l'unisson.

— J'ai réussi !! hurla l'adolescent en levant ses poings au ciel.

Ils parièrent une nouvelle fois sur le numéro quatre, l'intégralité de leur gain. Une fois de plus, Kévin parvint à influencer le jeu. Ils venaient de remporter près de douze mille euros.

— On devrait arrêter là, on va se faire jeter, suggéra Kévin.

— Regardez-moi ça, c'est l'ado le plus sage du groupe, ricana Matthieu.

— Il a pas tort, répondit Chloé. Regarde, les videurs ont déjà un œil sur nous.

— On devrait aller boire un verre, alors. Faut bien faire quelque chose de tout cet argent ?

Matthieu entraîna Chloé à sa suite jusqu'au bar. Ils commandèrent des cocktails compliqués et hors de prix, juste pour le plaisir de voir le barman travailler. Accoudés au bar, leurs mains n'étaient séparées que de quelques centimètres. Désinhibé par l'alcool, Matthieu avança doucement ses doigts pour effleurer ceux de Chloé. Son cœur s'emballa lorsqu'il sentit sa comparse y réagir et le caresser timidement à son tour. Le jeune homme observa l'enlacement des doigts comme si aucun ne lui appartenait. Il n'osait pas regarder Chloé dans les yeux. Il avait trop peur de ce qu'il pourrait y lire. Lorsqu'il s'y risqua enfin, son regard tomba sur celui brillant de la jeune femme. Elle le transperçait de part en part et retourna à la contemplation de ses doigts, un petit sourire s'épanouissant sur ses lèvres. Il ne recommença à respirer qu'à cet instant, prenant soudain conscience qu'il avait retenu son souffle tout au long de l'opération.

— Demande-lui un cosmo, Matthieu, souffla-t-elle.

Parfait. Une phrase banale rendait la situation tout à fait normale. Le jeune homme répondit tout aussi naturellement :

— Oh non, il va le préparer en une minute, t'as pas autre chose ?

— Non, j'ai envie de quelque chose de doux…

— Tu veux te la jouer *Sex and the city* ? ricana Kévin qui n'avait rien vu de la scène qui s'était jouée à quelques centimètres de lui.

— Oh oui, s'écria Chloé. Soyons *bitchy* ! Regarde, on est entourés de vieilles décolorées en manteau de fourrure, y a de quoi faire !

Matthieu l'écoutait, ponctuant ses méchancetés par quelques ricanements. Lorsque Chloé commença à parler très fort, le jeune homme tout ivre qu'il était, nota qu'il était temps de rentrer.

— Allez, ma belle, tu vas t'effondrer avant d'arriver à la voiture, à la vitesse où tu bois.

Kévin leva un sourcil.

— Les gars, vous oubliez rien ?

— Quoi ?

— Les cendres ? On est pas venu les répandre ?

— Meeeerde, ma sœur !! Aline t'aurais pu te manifester avant ! On a failli t'oublier !

Sans crier gare, la jeune femme sortit les cendres de son *doggy bag* et une pleine poignée à la main courut à travers les allées du Casino pour en disséminer sur chaque parcelle de moquette qu'elle trouvait.

Les vigiles eurent tôt fait de l'intercepter et la sortirent sans ménagement de l'établissement sous le regard outré des vieilles dont se moquait Chloé quelques minutes plus tôt.

Elle gloussait encore en arrivant à la voiture. Matthieu ramenait la troupe à l'hôtel, lorsqu'il avisa en chemin, un sans-abri allongé sur un banc. Il sortit de sa voiture sans même couper le moteur, et déposa l'argent gagné au casino auprès du gros barbu qui ronflait. Le gaillard aurait une bonne surprise au réveil. Lorsque le jeune homme remonta dans sa décapotable, Chloé s'était endormie.

Il la porta plus qu'il l'entraîna dans sa chambre et l'aida à se coucher. Chloé se déshabilla sans faire montre d'aucune pudeur et Matthieu, plus sage, détourna les yeux. Il ne posa son regard sur elle que lorsqu'elle se glissa enfin sous les draps.

— Besoin d'autre chose ? demanda-t-il en s'asseyant au bord du lit.

Pour toute réponse, Chloé se redressa, glissa sa main sur la nuque de Matthieu et l'embrassa. Le jeune homme en eut le souffle coupé un instant et lui rendit son baiser.

Il n'aimait pas la manière dont se passaient les choses. Il avait peur qu'elle ait oublié le lendemain, ou pire, qu'elle regrette. Il ne voulait pas du moment gênant après une bonne nuit de sommeil où aucun des deux ne saurait comment réagir.

Elle se recoucha, un sourire satisfait sur les lèvres.

— Dors près de moi, s'il te plait, demanda-t-elle.

Matthieu se coucha contre elle, en cuillère. Toujours gentleman, il était resté habillé et au-dessus de la couverture.

Elle recula jusqu'à être complètement imbriquée à son corps, serrant entre ses bras celui du jeune homme et s'assoupit.

Matthieu lui, malgré la fatigue, était bien trop excité pour s'endormir. Alors que la respiration de sa compagne devenait plus lente et régulière, il tenta de se dégager.

Il voulait se prouver à lui-même qu'il ne rêvait pas. Sentir une chevelure, caresser un bras, une gorge.

Ses doigts rencontrèrent le collier de Chloé. Il l'avait déjà remarqué auparavant. Elle ne s'en rendait pas compte, mais elle passait son temps à le tripoter : quand elle était inquiète, nostalgique, quand elle parlait de sa sœur. Il devinait en caressant l'objet la valeur sentimentale du bijou.

Il aurait voulu s'endormir. Il aurait voulu rejoindre sa compagne dans le sommeil, mais ses battements de cœur le tenaient éveillé. Il finit par rouvrir les yeux, résigné à l'abandonner pour retourner dans sa chambre.

Lorsqu'il se releva, une jeune femme, un peu plus vieille que lui se tenait debout dans la chambre. Une femme qu'il connaissait.

— Oh putain ! cria-t-il.

Chapitre 13

— Chut ! Tu vas la réveiller, dit l'apparition en désignant la jeune femme.

— Jenny ? risqua Matthieu.

Le fantôme opina du chef. Le jeune homme avait beau être habitué aux ectoplasmes, il n'aimait toujours pas leur don de débarquer sans prévenir. Il se redressa dans le lit, mi fautif d'être pris par sa sœur dans le lit de Chloé, mi paniqué de se trouver face à un nouveau fantôme dont il ne connaissait pas les intentions.

Putain, Kévin aurait pu me prévenir qu'elle était là.

— Je suis juste resté pour veiller sur elle, se défendit-il.

— Je sais, je t'ai vu faire. Et je t'ai aussi vu la regarder quand elle avait le dos tourné.

— Je…

— C'est bien que tu sois là, acheva le fantôme, son regard se perdant de nouveau par la fenêtre de la chambre d'hôtel.

Un soupir de soulagement s'échappa des lèvres de Matthieu : la star n'était pas revenue d'entre les morts pour lui faire la peau.

— Tu… Tu connais Kévin, donc ?

— Non, je n'ai jamais eu la chance de le voir.

— Même de ton vivant ?

— Peut-être, j'en ai tellement rencontrés …

— T'as changé sa vie, tu sais.

—Je sais. J'ai changé la vie de beaucoup de personnes, répondit-elle en regardant sa sœur, cette fois-ci. Ça m'a toujours terrifiée.

— Ce qui est fait est fait. Inutile de culpabiliser, dit Matthieu, philosophe. Et changer la vie des gens n'est pas toujours une mauvaise chose…

—J'ai bien fait de pousser Chloé à te suivre pour répandre mes cendres. Je n'étais pas trop sûre de moi, mais avec le recul, tu es exactement ce qu'il lui faut.

— Attends, c'est toi qui l'as poussée à m'accompagner?

— Lorsque je suis revenue dans la vie de Chloé, je l'ai tannée pour qu'elle le fasse par elle-même. J'espérais qu'elle ferait des rencontres, ou au moins qu'elle profite du voyage pour réfléchir à sa propre vie. J'espérais juste l'orienter dans la bonne direction avant de m'en aller pour de bon.

—Je ne comprends pas bien. En quoi Chloé avait besoin d'être orientée ? A t'écouter, on dirait que cette histoire de cendres ne compte pas vraiment.

— Tu sais, quand j'ai mis fin à mes jours, j'y ai vu plus clair. Débarrassée de mes problèmes, il ne me restait que les choses les plus importantes. Je n'avais qu'un regret, d'avoir pris trop de place dans la vie de ma sœur pour qu'elle puisse s'épanouir. Je suis sûre qu'elle aurait fini par se trouver, mais quelle grande sœur aurais-je été si je ne lui étais pas venue en aide ?

La fantôme marqua une pause.

— Si tu savais… J'ai dû tellement m'accrocher à ce monde pour pouvoir rester auprès d'elle.

— Tu veux dire que tu as fait délibérément le choix de rester pour Chloé ?

Aline hocha la tête.

— Répandre mes cendres avait du sens quand j'étais encore vivante, aujourd'hui ce n'est qu'un prétexte. Je veux offrir un dernier cadeau à Chloé avant de la quitter. Un voyage, une occasion de se découvrir. Qui aurait cru que morte j'aurais plus de chance de faire la différence que vivante ? Morte, je ne suis plus une star, je ne suis plus étranglée par mon emploi du temps et mes obligations. Morte, je suis seulement une grande sœur qui aide une dernière fois sa cadette.

Jenny se tut et son regard se voila un instant, comme si elle se souvenait de quelque chose d'intense, qui la mobilisait toute entière.

Matthieu reconnaissait la manière de s'exprimer de Kévin au moment de leur rencontre. Quelque chose de très détaché et légèrement cryptique, des réponses qui de prime abord avaient l'air sans lien avec la question. Il se demanda si devenir un fantôme ne nécessitait pas de couper un certain nombre de liens avec la réalité.

— Tu as encouragé Chloé à me suivre pour la faire sortir de sa zone de confort, devina Matthieu.

— Oui, approuva le fantôme. Quand nous t'avons trouvé dans ma chambre, j'ai vu une opportunité de bousculer sa vie. Une bonne raison de quitter nos parents et qu'elle déploie enfin ses ailes, après tant d'années à rester au sol pour que je puisse étendre les miennes. J'ai dit à Chloé de te suivre, que c'était ce que je voulais pour partir en paix.

— Quand je pense que tu lui as menti pour l'envoyer parcourir la France en compagnie d'un parfait inconnu ! J'aurais pu être un gros malade !

— Déjà, je ne lui ai pas complètement menti. Au fond, qu'elle te suive m'aidera sûrement à partir plus en paix. Ensuite, tu aurais vu ta mine effrayée et tes jambes tremblotantes, tu semblais vraiment inoffensif.

Matthieu resta une partie de nuit à parler avec Jenny. Principalement de Chloé, mais aussi de souvenirs de jeunesse, de musique.

Le jeune homme évoqua son passé avec bien plus de franchise qu'avec Chloé. Il avait le sentiment que plus que quiconque, Jenny serait capable de comprendre ce qu'il avait traversé.

— Si tu savais tout ce que j'ai fait… L'argent me brûlait les doigts, il n'avait aucune valeur. J'ai flambé, j'ai été con, je comprenais pas que mes proches s'éloignent de moi.

—Jusqu'à ce que tu te rendes compte que c'était toi, qui t'était éloigné de toi-même.

— Exactement. Et finalement, je me rends compte que je dois beaucoup à mes potes. Ils n'ont jamais profité de moi. Au début, ils ont été contents de mon succès, que je sois devenu riche, mais aucun n'a voulu en bénéficier. La seule chose qu'ils attendaient de moi c'était qu'on se fasse une petite soirée console de temps en temps, et j'ai pas été foutu de le comprendre avant de les avoir tous perdus.

—Je comprends, et je trouve que tu t'en sors pas trop mal. T'aurais pu devenir un con.

Matthieu se retint de répondre qu'il était devenu très con. Il savait où Aline voulait en venir. Il avait su sortir de ce schéma.

— Et toi ? Qu'est ce qui t'a fait déraper ?

— Oh, il me faudrait une nuit entière pour faire le tour du sujet !

— Tu as mieux à faire ?

Aline chantait depuis sa plus tendre enfance. Devant son talent évident ses parents l'avaient poussée à prendre des cours et à se produire.

— Je sais que mes parents n'ont pas eu une once de mauvaise intention. Ils savaient que c'était un milieu impitoyable. Beaucoup d'appelés, peu d'élus. Je pense qu'ils n'imaginaient pas une seconde que la compétition n'était pas le seul obstacle que j'allais rencontrer.

Lorsqu'elle vit tout ce dont ses parents se privaient, tout ce qu'ils investissaient, tout ce qu'ils sacrifiaient sur l'autel de son talent, elle n'eut pas cœur à leur dire qu'elle n'aimait pas être au centre de l'attention. Pour Aline, c'était le prix à payer pour vivre de sa passion.

Aline devint Jenny avec la chanson *Le Confort des ombres.* La chanson avait ému une génération entière.

— Tout à coup, toutes les portes se sont ouvertes. J'enchainais les concerts, les plateaux télé, les soirées, j'avais quinze ans mais j'étais déjà considérée comme une adulte dans le show biz'. J'étais plus à l'aise en public, mais je n'aimais toujours pas ça. Je me sentais piégée. J'en ai terriblement voulu à mes parents. Je me suis éloignée d'eux, je les ai envoyés chier. J'ai fait une crise d'ado puissance mille. Je ne les écoutais plus, je faisais ce que je pouvais pour les emmerder. C'est à ce moment-là que j'ai pris de la drogue pour la première fois. Personne ne trouvait bizarre de me proposer de la coke alors que je n'avais même pas l'âge de boire de l'alcool. Ce n'était pas vraiment compliqué de faire des conneries, je n'étais jamais chez moi. Toujours dans une loge, un hôtel, un *after.*

La starlette était louée pour son émancipation précoce. Personne ne voyait son mal-être, elle était celle qui disait merde aux journalistes, à sa famille et même à son producteur. Seules quelques rares personnes avaient sa confiance : sa sœur, Marcel son professeur de chant, et son manager, pourtant son train de vie la tenait éloignée des deux premiers.

—Je n'aurais jamais dû accorder ma confiance à mon manager. J'ai compris que bien trop tard que je n'étais que sa source de revenus, son pari gagnant. Il me conseillait sur les vêtements à porter, sur le style de musique à chanter. Il savait tout de moi, mes peurs, mes angoisses, mon béguin pour lui, et il connaissait les leviers à tirer pour me faire plier. Sous couvert d'honnêteté, il me blessait et exploitait mes inquiétudes pour m'orienter dans la voie qu'il me choisissait.

Après avoir rompu son contrat avec son producteur, âgée alors de dix-sept ans, elle avait ouvert son propre label. Ses excès la rattrapèrent à cette période. Elle n'avait aucune connaissance, ni même de régularité dans son travail. Elle n'avait pas su s'entourer des bonnes personnes et bientôt son label acquit sa réputation dans le milieu : adresse à fuir. Seuls les artistes désespérés la sollicitaient et elle les menait dans le mur avec une constance effroyable.

Parallèlement, sa carrière musicale commençait à battre de l'aile. Son talent était toujours là, mais elle avait déserté les studios et plusieurs concerts durent être annulés parce que Jenny vomissait tripes et boyaux dans sa loge tantôt à cause de la drogue, tantôt à cause de l'alcool.

— À un moment, il faut bien l'avouer, le talent ne suffit plus. Mes collaborateurs me lâchaient les uns après les autres. Et plus les merdes s'enchainaient, plus je me réfugiais dans les paradis artificiels. Moi qui avais vécu une enfance si paisible, je me noyais dans la foule des boites de nuits pour me donner l'illusion d'une solitude moins pesante. Pour combattre ma timidité je me droguais toujours plus. Le soir de mes dix-huit ans, j'avais privatisé un club dans lequel j'avais mes habitudes. Je ne connaissais pas le quart des personnes qui étaient présentes. Je ne me souviens que d'une chose de la soirée, ma sœur en larmes qui me serrait dans mes bras après que j'ai failli me noyer dans mon propre vomi sur le trottoir d'en face.

Matthieu se rappelait de l'évènement. Il avait défrayé la chronique et tous les journaux en avaient parlé. Il se souvenait de cette photo qui avait fait la une : Chloé effondrée, tenant sa sœur à demi vêtue, recouverte du contenu de son estomac.

— Je suis rentrée en cure de désintox pour faire plaisir à ma sœur, sans grande conviction. Je suis restée clean un mois, mais la sobriété ne coulait pas dans mon sang avec la même aisance que la drogue.

— Pas même aidée par la honte ? demanda Matthieu. Ça a été un gros déclencheur pour moi.

— Je crois que mon estime de moi n'était pas assez haute pour que la honte soit un frein à mes conneries.

— Et pour aller mieux, ça doit venir de soi, pas des autres. Si tu te sens trop nulle pour t'en sortir ou pour le mériter, tu restes enfermée dans tes problèmes.

— Exactement ! C'est un cercle vicieux !

— Comment tu t'en es sortie, alors ?

— Encore aujourd'hui, je ne saurais être catégorique, mais je crois que tout est parti d'une gifle.

— Une gifle ?

— Après ma dernière cure, je suis sortie de l'hôpital pour me rendre directement chez le mec qui me fournissait. Ce que j'ignorais, c'est que Chloé m'avait suivie.

Aline eut un regard tendre pour sa sœur qui ronflait légèrement à côté d'eux, témoin sourd des révélations de la star.

—Je suis ressortie de chez lui complètement défoncée et je suis retrouvée nez à nez avec ma petite sœur pleine de colère. Elle m'a envoyé une baffe si violente qu'elle est pas passée loin de me crever un tympan. Je pleurais, je me suis mise à genoux pour lui demander pardon, je m'agrippais à ses vêtements. Quand j'y pense, quelle horreur de lui faire subir ça. Elle n'était qu'une gamine de quinze ans ! Je me foutais bien à ce moment-là de ce qu'elle pouvait ressentir, je ne voulais juste pas qu'elle m'abandonne. Et c'est exactement ce qu'elle a fait. Elle a saisi mon poignet jusqu'à ce que je lâche ses vêtements. Tu aurais vu son regard noir… Lorsque j'ai lâché prise, elle a fait demi-tour et s'est éloignée sans un mot.

— Tu as arrêté ce jour-là ?

—Non je suis retourné chez mon dealer et j'ai repris une dose. J'ai fait un bad. J'avais l'impression que mon corps ne pouvait plus contenir mon esprit. Je me suis planté les ongles dans les épaules jusqu'au sang. J'essayais de me débarrasser de ma peau comme on retire un t-shirt. Je crois que dans l'opération je me suis arraché quelques touffes de cheveux. Je suis restée dans cet état pendant plusieurs heures, sans parvenir à sortir de mon cauchemar, couverte de mon propre sang. Ma sœur faisait des apparitions récurrentes jusqu'à me convaincre parfaitement des souffrances que je lui causais. De sa déception et de sa perte qui me semblait irréversible.

La star s'était enfermée le lendemain dans son hôtel particulier. Elle traversa son enfer, seule, écrivant nuit et jour au rythme de ses insomnies et de ses souffrances. Elle avait réussi à puiser dans ses plaies suppurantes l'encre nécessaire à l'écriture de ses textes.

— Tu n'as plus rien pris, depuis ?

— Oh si, il y a eu des loupés, mais rien de comparable avec ce que j'avais pu faire par le passé, et surtout bien moins fréquents. Chloé n'a accepté de me revoir que trois ans plus tard, lorsque j'ai été parfaitement sobre.

— Ouh, elle a la rancune tenace.

Aline eut un rire bref :

— C'est le moins qu'on puisse dire. Mais c'est justement cet objectif presque inaccessible qui m'a fait m'accrocher. Je voulais retrouver au moins ça : l'estime de ma sœur. Ma vie a retrouvé un semblant de normalité lorsqu'elle m'est enfin revenue.

— Je comprends au moins en partie ce que tu as traversé mais je ne comprends toujours pas. Pourquoi tu as mis fin à tes jours ?

— Parce que je n'étais pas heureuse.

— Pas heureuse ? Mais qu'est-ce qu'il te manquait ? Tu avais l'argent, l'amour de ta famille, la réussite, la reconnaissance de tes pairs. Je ne comprends pas.

— Peu de gens peuvent comprendre, je crois. Mais oui, j'avais tout. J'avais tout fait, tout essayé, tout goûté. À vingt ans j'avais connu la réussite et les échecs, j'avais vécu plus de choses que la plupart des gens à leur mort. J'ai passé les dix dernières années à vivoter, tenter des choses qui n'ont jamais réussi à me surprendre. Tout me semblait plus terne, plus fade, moins savoureux. J'étais déjà le fantôme de moi-même bien avant de partir, Matthieu.

On va pas se mentir, j'ai toujours eu un fond dépressif et ça a joué, mais je suis aussi pragmatique : la vie à tout prix, à quoi bon ?

***

« *Ça te va bien de me reprocher de ne pas t'avoir parlé de Kévin, quand de ton coté, tu me caches ta sœur ! Pour la peine, c'est toi qui prends le volant demain, j'ai pas beaucoup dormi.* »

Après avoir laissé son mot, Matthieu retourna dans sa chambre avec son lot de réflexions et de questions sans réponses. Il comprenait ce qui avait poussé Jenny au suicide, mais selon lui, elle avait retiré de l'équation un certain nombre de choses qui auraient pu l'aider à choisir la vie plutôt que la mort : une bonne thérapie, une relation amoureuse épanouie, raccrocher son micro... Le jeune homme ne prétendait pas avoir réponse aux problèmes de la star, il estimait juste qu'elle n'avait pas exploré toutes les voies avant de faire son choix. Il s'était gardé de lui en parler : il n'était plus temps de la faire changer d'avis, ou regretter.

Lorsqu'il poussa la porte de sa chambre, Kévin l'attendait sagement, assis sur le lit, même pas en colère d'avoir été abandonné quelques heures plus tôt.

— Alors ? Vous l'avez fait ??

— Quoi ? Qui ? Non ! Je profite pas de la faiblesse des gens, Kévin ! Et puis qu'est-ce que ça peut bien te faire ?

— Mais allez, raconte, je t'attends depuis au moins cinq heures !

— Demain. Là je suis épuisé.

Kévin râla un peu pour la forme, mais laissa Matthieu s'endormir.

***

Je suis sur ton seuil
Sans attendre la fin de ton deuil

Pardon pour ton époux
Il m'arrive de boire comme un trou
Mais que veux-tu, j'ai les crocs
Depuis que je t'ai vue, je suis accroc

Je sens ta chaleur,
Les battements de ton cœur
Tapis dans l'obscurité,
Je t'entends pleurer
Je jugule mes envies
Je refreine mon appétit

Laisse-moi entrer,
Promis, j'vais pas te manger
Croix de bois, croix de fer,
Si je mens, j'vais en enfer

Oublions tout ça,
Viens donc chez moi
Nous boirons un verre,
Rien ne vaut une mise en bière.

C'est bien ma veine
Que tu me voues une telle haine
Tu perds ton sang froid
Tu es remplie d'effroi

Laisse-moi entrer,
Promis, j'vais pas te manger

Croix de bois croix de fer,
Si je mens, j'vais en enfer
Nous avons fait le même vœu
Toi et moi, ça se finira au pieu.

Kévin pleurait des larmes de joie. La chanson résolument rock et acidulée était diffusée à travers le haut-parleur du téléphone de Matthieu. Jenny, avec l'aide de sa sœur s'était connectée à son cloud.

— C'est la dernière chanson sur laquelle elle travaillait. Personne ne l'a jamais entendue jusqu'à maintenant. Elle voulait te faire ce cadeau.

— Merci ! Je suis tellement content ! C'est… J'en reviens pas que Jenny soit là… et que je ne puisse pas la voir ! Putain mais j'ai vraiment la *lose* jusqu'au bout ! Et pourquoi tu peux la voir, toi ?

— Ben j'ai touché son ancre hier soir. Essaye d'en faire autant ?

Sans demander son avis à Chloé, Kévin tenta de se saisir de son collier. Sans aucun résultat. La jeune femme grimaça quelques instants au contact du fantôme dont les doigts lui traversèrent la poitrine sans aucun ménagement.

— Allez, quoi, gémit l'adolescent en s'agrippant à deux mains au bijou.

— Laisse tomber, Kévin, dit Chloé dont le cou se hérissait d'une solide chair de poule.

— Mais y a bien un moyen !!

Le fantôme devenait fou. Il était agité et son corps semblait secoué de tremblements rendant ses contours indistincts.

— Kévin tu me glaces, articula Chloé avec difficulté.

— Kévin, lâche-la, intervint Matthieu. Tu vois bien que ça ne sert à rien.

Il était à peine arrivé au bout de sa phrase que l'ectoplasme avait disparu dans le corps de Chloé.

La jeune femme sc tint un instant immobile, leva ses mains à hauteur de ses yeux, toucha Matthieu du bout des doigts et fit un tour sur elle-même.

Lorsque son regard se posa sur sa sœur, elle émit un cri strident qui fit sursauter le jeune homme.

— Hiiiiiiiiiii !!! Jennyyyyyyyyy !!!! Hahaha !! J'y crois pas ! Je suis trop content de te rencontrer

La jeune femme sautait sur place, comme une adolescente hystérique.

— Putain, Kévin, sors de là !! hurla Matthieu soudain inquiet pour sa compagne.

Jenny, jusque-là plutôt paisible se métamorphosa. Ses yeux s'emplirent de colère et elle se mit à crier après le fantôme.

— Sors de ma sœur espèce de taré !! Je t'interdis de lui faire du mal !!

Elle se jeta sur Kévin et s'engouffra à sa suite dans le corps de Chloé. La jeune femme sembla se désarticuler, ses bras et ses jambes tantôt possédés par l'un ou l'autre des fantômes qui l'habitait. Elle fut tout à coup prise de tremblements et cessa de se débattre. Tous ses muscles semblaient tendus et Matthieu, impuissant, ne savait que faire pour l'aider.

— Foutez-moi le camp d'ici, finit-elle par hurler.

Kévin et Jenny furent expulsés avec force, au point d'en tomber au sol.

— Mais ça va pas tous les deux ? brailla Chloé.

—Je suis désolé, c'est arrivé sans le faire exprès ! Je voulais pas, et puis après, impossible de partir, répondit Kévin. Dites à Aline que je m'excuse, c'était l'émotion ! Oh, je suis sûr qu'elle me déteste, maintenant.

—Je suis désolée Chloé ! Je voulais pas te faire de mal, j'ai voulu chasser Kévin, et impossible de faire demi-tour ensuite...Tu vas bien ?

Aline semblait véritablement inquiète. Chloé pâle comme un linge, tenait difficilement sur ses jambes flageolantes.

— Au moins, vous avez le même discours, marmonna-t-elle.

—Je peux faire quelque chose pour t'aider ? s'enquit Matthieu.

— Donne-moi quelque chose de sucré, je crois que je suis en hypoglycémie.

Le jeune homme dégaina une barre chocolatée sur laquelle sa compagne se rua comme la misère sur le monde.

Chloé releva les yeux de sa collation et avisa les deux fantômes. Sans se voir, ils s'étaient tous deux assis côte à côte sur un banc, tête baissée, regard piteux. Ils étaient vraiment mal de ce qui venait de se passer. L'effet miroir probablement combiné à la tension descendante provoqua un fou-rire chez la jeune femme. Matthieu sourit et finit par glousser de concert avec son amie.

Le drame était passé aussi vite qu'il était venu.

— Allez les *poltergeists*, en voiture, lâcha Chloé lorsqu'elle se fut calmée.

Kévin demanda timidement que la dernière chanson de la star soit diffusée en voiture, ce que les deux vivants acceptèrent de bonne grâce en signe de paix.

Ils avaient décidé de se rendre en Alsace et de répandre les cendres dans un joli village et de s'arrêter à une terrasse pour boire un verre de vin.

Chloé avait réservé les chambres d'hôtel en chemin.

LES chambres, nota Matthieu avec un petit pincement au cœur. Elle comptait donc sur un couchage séparé. Elle devait se sentir mal d'être allée si loin la veille. Le jeune homme se félicita d'être resté gentleman. D'ailleurs, elle n'y avait fait aucune allusion depuis, comme si le baiser n'avait jamais eu lieu.

À la réflexion, c'était peut-être mieux comme ça… Un autre sujet préoccupait le jeune homme et il ne savait pas par quel bout le prendre. Il se risqua à en parler directement avec l'intéressé.

— Kévin, tu sais… Je me suis permis de faire une recherche sur Max, il habite à peine à vingt minutes de notre destination. Tu es sûr que tu veux pas qu'on aille le voir ?

Kévin, pourtant enjoué quelques instants plutôt, se ferma comme une huitre.

— Non, répondit-il, immédiatement.

Matthieu laissa s'écouler quelques secondes, et ajouta :

— Aline pense que tu devrais le faire. Elle insiste.

Le mensonge était gros, mais il sembla fonctionner.

— Tu crois ? J'veux dire, elle m'en veut plus ? Et puis qu'est-ce que je pourrais bien lui raconter ?

— Au moins lui dire la peine qu'il t'a causé, suggéra Chloé.

Kévin garda le silence. Ce n'est que deux heures plus tard qu'il finit par dire :

— Vous avez raison, il faut que je lui parle. Allons-y.

***

— Le GPS dit que c'est ici.

— T'es sûr ? souffla Kévin. On dirait un pavillon de darons !

— Je suis positif. On frappe ? demanda Matthieu à l'attention de Chloé.

— Ben oui, on est pas là pour peigner la girafe !

Sans attendre, elle donna trois coups secs à l'huis. Un jeune homme de l'âge de Matthieu ouvrit la porte.

Il avait une barbe fournie, mais soignée, une chemise impeccable, un jean, et de petites lunettes rectangulaires qui lui donnaient un faux air de Clark Kent.

— Max Lake ?

— Oui ?

— Notre démarche va vous sembler curieuse, mais nous avons un message à vous délivrer. Vous avez connu un Kévin Reulet lorsque vous étiez ado, n'est-ce pas ?

Le regard du jeune homme s'assombrit il regarda à droite et à gauche, comme pour s'assurer qu'il n'y avait personne d'autre alentour.

— Entrez, leur dit-il.

Il a l'air sympa, ça me ferait chier de devoir lui casser les genoux, se dit Matthieu.

La maison était récente, l'intérieur moderne et sobrement décoré. Peu de couleurs. Un peu trop froid au goût de Matthieu qui aimait s'entourer d'un bordel hétéroclite. Il avait l'impression de se pointer dans un appartement témoin, mais il ne pouvait pas le nier, c'était quand même une belle baraque. Matthieu et Chloé s'assirent sur un canapé impeccable, et Max leur servit une tasse de café, avant de lancer les hostilités. La bienséance avant tout.

— Vous êtes qui ? demanda-t-il.

— Nous sommes des amis de Kévin.

Contre toute attente, le visage de Max se tordit en un rictus et les larmes affluèrent.

— J'ai été dévasté lorsque j'ai appris sa mort. Je… je ne peux m'empêcher de me dire que c'est de ma faute. J'ai l'impression qu'il me hante depuis.

Matthieu jeta un bref coup d'œil à Kévin. Le fantôme qui semblait aussi étonné que lui, leva les mains devant sa poitrine :

— Je vous jure que j'y suis pour rien.

— Si seulement il avait su, si seulement j'avais pu lui dire… sanglota Max.

— Si vous avez quelque chose à lui dire, c'est le moment, souffla Chloé.

Max haussa les épaules dans un mouvement qui rappela à Matthieu Kévin et son fatalisme.

— Je suis plus certain que ce soit très utile, maintenant.

Kévin était surexcité.

— Montrez-lui, cria-t-il. Je veux qu'il me voit. Montrez-lui.

Matthieu et Chloé se seraient bien gardés de se tenir entre le fantôme et son amour de jeunesse. Pas trop sûr d'eux, après quelques regards échangés, ils tendirent le bout de tissus à Max, qui s'en saisit sans bien comprendre ce qui se passait.

— Qu'est-ce que…

— Si tu as quelque chose à me dire, Max, c'est maintenant ou jamais, répéta Kévin.

La tristesse s'effaça d'un coup du visage du jeune homme. Il poussa un hurlement à en faire trembler la bâtisse, recula de plusieurs mètres, jusqu'à se trouver le dos au mur.

— Qu'est-ce qu'il se passe ? brailla-t-il.

—Je trouve qu'il le prend pas trop mal, chuchota Matt à Chloé.

— Oui, ça pourrait être bien pire, répondit-elle sur le même ton.

— Il se passe que c'est le moment de vider ton sac, Max, s'impatienta le fantôme.

Max se retrancha dans son mutisme. Il regardait ses pieds, refusant de lever les yeux vers Kévin. L'ado n'était pas là pour lui faire payer, Matthieu s'en rendait compte à présent. Il avait besoin de savoir et malgré la torture de l'attente, il patienta.

—Je t'aimais aussi, tu sais, finit par lâcher Max.

Le silence qui suivit fut assourdissant. Kévin déglutit péniblement avant de répondre, tout bas.

— Comment veux-tu que je le sache ? Tu ne me l'as jamais dit.

—J'étais trop jeune, trop con, pour assumer ça. C'était nouveau, pas dans la norme. Je ne pouvais pas être différent des autres. Je suis resté dans cette idée longtemps après toi. J'ai d'abord cru à une passade, c'est normal de s'interroger à quinze ans. Après j'ai cru que c'était la culpabilité qui s'exprimait. Et j'ai rencontré Antoine, à la fac. On s'est mariés l'année dernière.

—Je t'en ai voulu de m'avoir rejeté, dit Kévin.

—Je t'en ai voulu de m'avoir quitté, répondit simplement Max.

—Je regrette de t'avoir jeté mes sentiments au visage alors que tu n'étais pas prêt à les entendre.

—Je regrette de ne pas avoir su te dire à quel point ils étaient beaux, tes sentiments.

— C'est bon de te revoir.

— Pour moi aussi, Kévin.

Les deux ne parlaient plus que dans un souffle.

Max s'effondra de nouveau. Il finit par relever son visage humide vers ses invités.

— Vous pourriez nous laisser seuls ?

Malgré la curiosité, Matthieu et Chloé décampèrent du pavillon. Ils auraient aimé être de petites souris pour savoir ce que Kévin et Max pouvaient bien se dire. Pensifs, ils regagnèrent leur place en voiture.

— J'aimerais pas être à sa place, confia Matthieu sans vraiment savoir s'il parlait de Max ou de Kévin.

— Ça me fait penser à ces histoires de soldats qui rentrent alors que tout le monde les croit morts depuis longtemps. Leur femme s'est remariée, ils n'ont plus leur place nulle part.

— Je crois que Kévin n'avait déjà plus vraiment de place parmi nous, bien avant que Max ne refasse sa vie.

— Tu crois que vous trouverez le repos un jour, demanda Chloé, à sa sœur, cette fois ci.

Aline eut un sourire et hocha la tête.

— J'en suis certaine, répondit-elle en fixant Matthieu du regard, par rétroviseur interposé.

Le jeune homme rougit. Il ne savait pas s'il se révèlerait à la hauteur de ce que Jenny attendait de lui.

Max sortit enfin de la maison, suivi de près par Kévin.

Il tendit pudiquement la culotte à Matthieu.

— Merci. Merci pour tout. Je vous souhaite le meilleur pour la fin de votre voyage.

Il effleura une dernière fois la joue de son meilleur ami, avant de soupirer et s'en aller.

— Lui, il retrouvera le repos, c'est sûr, murmura Chloé, la voix quelque peu vacillante.

Un silence pesant s'installa sur ces paroles, et personne ne songea un instant à alléger l'atmosphère.

— Kévin, demanda doucement Matthieu en se retournant vers la banquette arrière.

Le fantôme était encore plus blême qu'à l'accoutumé. Il leva un regard larmoyant vers Matthieu.

— Tu te souviens ce truc qu'on t'a formellement interdit de refaire ce matin ?

Les yeux de Kévin s'agrandirent.

— Je t'autorise à recommencer avec moi, pour lui dire au revoir. Mais je t'en prie, me fais pas faire quelque chose que je regretterai.

Matthieu sortit de la voiture et inspira un grand coup quand Kévin s'approcha de lui.

— Merci, lui dit le fantôme en le prenant dans ses bras.

L'adolescent le serra un instant contre lui, puis se coula doucement dans son corps. Matthieu avait parfois l'impression de n'être qu'une coquille vide, pourtant en cet instant il se sentit à l'étroit dans son propre corps. Il voyait bien que Kévin essayait de se faire le plus petit possible, mais essayez de rentrer à deux dans un pantalon, même en rentrant le ventre, vous vous sentirez serré.

Allez Kévin, on est pas là pour une collocation, fais ce que tu as à faire, pensa Matthieu en se ramassant en lui-même. Il aurait voulu pouvoir sortir de son corps le temps que Kévin l'utilisait, mais il ne parvint qu'à se couper de ses sens à mesure que le fantôme s'étendait. Lorsqu'il réussit à le posséder, Matthieu n'avait plus que le son et l'image : Kévin était aux commandes.

Comme dans un jeu de réalité virtuelle, il vit son champ de vision tourner. Son corps bougea alors qu'il n'avait plus conscience du sol sous ses pieds ni même de son propre équilibre. Il entendit Kévin appeler Max, mais c'est bien sa propre voix qui lui parvint aux oreilles.

Kévin rattrapa Max qui s'était immobilisé sur le perron de sa maison. Il saisit sa main et se rapprocha de plus en plus de lui. Max semblait avoir compris ce qu'il se passait et se laissa faire. Matthieu devinait plus qu'il ne voyait son nez toucher celui de l'inconnu. L'image devint noire tandis que Kévin fermait ses paupières. Le jeune homme, spectateur silencieux, entendit le bruit d'un baiser échangé, témoignage d'une page qui se tournait. Lorsque la vue lui revint, Matthieu devina qu'il serrait Max dans ses bras.

Il se vit reculer de quelques pas tandis que Kévin se retirait de son esprit. Comme plus tôt dans la journée, Matthieu dû l'aider à quitter son corps pour de bon. Kévin semblait emprisonné dans une sorte de gangue élastique et ils ne furent pas trop de deux pour forcer la sortie.

Le fantôme le laissa avec un tournis persistant, des larmes sur les joues et une solide érection. *Curieux mélange.*

Chloé repris le volant, le temps que Matthieu se remette de *toutes* ses émotions. Kévin s'était installé à l'arrière de la voiture, les yeux révulsés.

—J'ai réussi à le toucher !

Matthieu se retint de blaguer sur la scène de *Ghost* à laquelle il venait de participer.

—Je l'ai touché, putain ! reprit Kévin. Et sans passer à travers ! Et je l'ai embrassé ! Vous vous rendez compte ? Je l'ai embrassé !!!

Chloé fêta la nouvelle en donnant un petit coup d'accélérateur et en klaxonnant.

— Youhou !!! *He did it ! There is my champion !!!* renchérit Matthieu.

Il retrouva son sérieux, lorsque Chloé, entre deux éclats de rire, posa sa main sur sa cuisse. Dans son dos, il sentait le regard brûlant d'Aline. Sans la voir, il l'imaginait déjà sourire.

Chapitre 14

Chloé envoyait des signaux contradictoires. Des chambres séparées, une main sur la cuisse. Un supplément oignons dans son sandwich au déjeuner, un regard appuyé. Matthieu ne savait pas vraiment comment se positionner.

Il prit la décision de ne rien faire. Elle viendrait vers lui si elle le souhaitait, mais il ne voulait surtout pas la brusquer.

Depuis les évènements avec Max, Kévin semblait avoir pris un coup de vieux. Il gardait le silence et regardait défiler le paysage depuis leur départ. Il devait avoir matière à réfléchir.

La bande arriva rapidement dans le petit village de Eschbourg où ils avaient décidé de répandre les cendres. Pour la première fois, Chloé offrit à Matthieu de l'aider dans sa besogne.

En haut d'une falaise, au-dessus des habitations troglodytes qui faisaient la renommée du patelin, ils laissèrent le vent emporter les restes de la star. À leurs côtés, Aline semblait aussi pensive que le reste du groupe.

— J'aurais aimé venir ici de mon vivant, dit-elle, sentir la caresse du soleil, le vent dans mes cheveux, le calme, la paix des lieux.

— Tu aurais pu, si tu n'avais pas mis fin à tes jours.

Le ton de Chloé fit sursauter Matthieu. Il ne l'avait jamais entendu adresser un reproche aussi frontal à sa sœur.

Aline ne sembla pas s'en offusquer.

— Tu sais que je n'aurais jamais pu être heureuse, Chlo. Mais ne t'en fais pas, je sais que je finirais par l'être, dans cette vie ou dans l'autre.

Chloé s'était tout à coup renfrognée. Matthieu supposa qu'elle avait pris conscience qu'il ne lui restait plus que quelques jours avant d'être définitivement privée de sa sœur. La vacuité de l'urne sonnerait la fin de leur relation, elle ne pouvait plus l'ignorer.

— On va prendre un verre ? proposa le jeune homme pour détendre l'atmosphère.

Matthieu aurait préféré une ambiance plus légère pour finir la journée, mais ses compagnons finirent tout de même par se dérider.

Au bout de seulement une demi-bouteille de vin, Chloé et Matthieu devisaient gaiement.

— Nan mais regarde le, il fait au moins vingt-huit ans, là. Il a même une barbe de deux jours, lança Chloé.

Matthieu secoua la tête.

— Nan, je dirais vingt-cinq, pas plus. Aline, pourquoi tu vieillis pas, toi ?

— Kévin est mort il y a longtemps. Je pense qu'il rattrape son retard. Moi je n'ai pas de retard à rattraper. Je n'ai pas de raison de changer, répondit la star.

— Mais tu peux, changer, quand même ? Kévin peut changer de vêtements ! Je l'ai vu faire !

Pour toute réponse, Aline adopta la tenue et la coiffure qu'elle portait lors d'un de ses derniers concerts.

— C'est génial ! s'exclama Chloé, plus besoin d'acheter des vêtements ! Tu as une garde-robe illimitée. Je suis presque jalouse d'être vivante. Kévin, je regrette que tu puisses pas la voir.

— Décris-la moi, décris-la moi !!

— Elle porte une robe bleue, et une ceinture large, avec une grosse boucle.

— Quel couleur, la ceinture ?

— Marron.

— Et sa coiffure ? Elle est coiffée comment ?

— Ben normal.

— Normal ? Mais c'est pas une description ça, normal !

Kévin ne tenait pas en place.

— Oh écoute Kévin, je vais pas te la décrire par le menu, tu connais sa garde-robe par cœur. Si tu veux des détails, t'as qu'à toucher le collier et voir par toi-même.

— Je n'ai pas de corps, je ne peux pas le toucher, crétin, répondit le fantôme.

Matthieu le savait très bien, mais Kévin devenait pénible. C'était sans doute pas facile pour lui, le fan, de ne pas voir Jenny, mais il n'y pouvait rien. À moins que… Le jeune homme eut une épiphanie soudaine.

— Chloé, donne-moi ton collier !

— Quoi ?

— Donne le collier de ta sœur, je te dis.

— Pour quoi faire ? demanda-t-elle en tendant le bijou.

Matthieu sortit de sa poche l'ancre de Kévin.

— Il faut bien toucher l'ancre d'un fantôme pour pouvoir le voir, non ? C'est peut-être pareil pour eux ?

Dans un geste il réunit la culotte et le collier. Matthieu vit le regard de Kévin s'agrandir lorsque ses yeux tombèrent sur Jenny.

Matthieu ne cacha pas sa fierté d'avoir enfin réuni les deux fantômes : la star et le fan.

À la différence des vivants, à l'instant où les ancres étaient séparées, les deux fantômes ne pouvaient plus se voir. Avec Chloé, Matthieu décida de les conserver dans le même sac afin qu'ils puissent toujours communiquer.

Il regretta quelque peu leur choix quand Kévin s'élança dans une longue analyse de la chanson *sang pour sang* qu'il avait découvert quelques jours plus tôt.

— C'est du génie d'avoir utilisé la métaphore du vampire, qui est à la fois une personnification de la luxure et de l'érotisme. Il représente le côté glam de la musique, mais aussi son côté impitoyable, de par ses pulsions meurtrières et son addiction au sang. Il est à la fois lumineux et ténébreux, mort et vivant, inaccessible et terriblement humain, comme les stars que nous adulons. Je me trompe ?

Matthieu était sidéré. Lui qui ne voyait qu'une musique un peu sympa à fredonner, son ami en avait une toute autre lecture. Il se sentit tout à coup un peu con.

— Euh non, en fait, j'aime juste les vampires, répondit Jenny.

Matthieu explosa de rire. Il se sentit tout à coup un peu moins con.

— Par contre, Kévin, on peut parler d'un truc ? poursuivit la star.

— De quoi ?

— De ma culotte. Tu trouves pas ça un peu malsain d'avoir acquis et conservé ça comme un totem ? Tu penses pas que c'est hyper dégradant et sujet de honte pour moi que ma culotte ait fait la une des journaux quand c'est ma musique qui aurait dû être le sujet ? Tu ne t'es pas dit à un moment donné que tu n'avais rien à foutre avec un objet qui m'est aussi intime ? C'était quoi la suite ? Racheter mes *sextoys* ?

Kévin devenait plus pâle que Matthieu ne l'aurait cru possible à mesure qu'Aline exposait les faits.

— Je… Je l'ai jamais considéré comme ça, se défendit-il. J'aurais fait la même chose avec un T-shirt.

— Mais ce n'était pas un T-shirt, Kévin !

— Tu… Tu as raison, je n'avais pas réalisé, excuse-moi.

— C'est rien. Maintenant que les choses sont mises au clair, on peut passer à autre chose. C'est lequel ton titre préféré du coup ?

Chloé jeta un coup d'œil à son ami. Il sembla à Matthieu qu'ils pensaient la même chose en cet instant : Ils étaient désormais quatre et malgré les caractères, malgré les dissensions, tant qu'ils resteraient ensemble ils demeureraient invincibles.

Ils rentrèrent bras dessus bras dessous à l'hôtel.

Dans le couloir qui séparaient leur chambre, Chloé saisit le jeune homme par le col, et l'embrassa à pleine bouche. Matthieu, moins timide que la veille lui rendit son baiser avec passion pendant de longues secondes.

— Trouvez-vous une chambre, râla Kévin.

Chloé le regarda avec un sourire, saisit le sac contenant le collier et la culotte et les jeta dans la chambre de Matthieu. Les deux fantômes furent aspirés dans la pièce tandis que Chloé refermait la porte. Sans autre forme de préambule, elle attira Matthieu vers sa propre chambre.

Matthieu hésita une seconde. Une seule. Et si ? Et si elle le faisait pour se prouver quelque chose ? Et si elle n'était pas prête ? Et si lui n'était pas prêt ? Et si cette relation était un échec ? Et s'il n'assurait pas ? Et s'il prenait le risque quand même ?

La dernière question l'emporta sur toutes les autres. Matthieu posa son cerveau et son corps prit la relève.

À peine arrivés dans la chambre, elle le plaqua contre un mur. D'une main, il l'aida à se dévêtir, de l'autre il l'attira plus près pour l'embrasser.

Quand il fantasmait sur une fille, Matthieu imaginait toujours la porter et dans un élan plein de virilité, lui faire l'amour contre un mur.

Ce soir-là, pourtant, si Chloé en avait été physiquement capable, c'est elle qui l'aurait soulevé. Elle avait complètement pris les rênes et il la suivait docilement.

Cette inversion des rôles ne l'échauda pas. Pour une fois, il ne craignait plus de ne pas être à la hauteur, de ne pas être assez inventif, d'aller trop loin.

Chloé le mena au bord du lit. D'une pression sur l'épaule elle le fit s'asseoir. Elle fouilla quelques instants dans son sac avant de lancer un préservatif au jeune homme.

— Habille-toi ! dit-elle avec un sourire malicieux.

Matthieu se hâta de s'exécuter. Chloé l'embrassa longuement pour corser l'opération, mais le jeune homme n'en était pas à son coup d'essai. Le préservatif était à peine en place que déjà la jeune femme l'enjambait et se laissait glisser sur son sexe dans un soupir lascif. Matthieu se retint un instant de respirer.

Il sentit les ongles de Chloé se planter dans son dos, tandis qu'elle entamait un lent mouvement de va et vient.

Il serra quelques secondes les dents avant d'oublier complètement la douleur au profit de ce qui se passait plus bas : elle le circluait parfaitement

Chloé le tenait contre elle, lui saisissait les cheveux, l'embrassait, lui mordait la lèvre. Elle alternait avec brio douleur et plaisir, si bien qu'il ne savait plus si ses râles se faisaient le porte-parole de l'un ou de l'autre. Les deux se mêlaient aussi sûrement que le corps de Matthieu à celui de la jeune femme. Les limites s'effaçaient au point qu'il ne soit plus certain de ce qui lui procurait le plus de contentement : son plaisir ou celui de sa partenaire.

Elle le serra dans ses bras au moment de jouir puis s'immobilisa une minute, le souffle court, son corps transpirant collé à celui de son partenaire, avant de reprendre son mouvement, portant Matthieu jusqu'à l'orgasme.

Matthieu se sentait étrange. Le sexe devait tout clarifier. S'il couchait avec Chloé, il devait savoir s'ils étaient ensemble. Mais voilà. Le rapport lui avait laissé une drôle d'impression. Il venait de goûter à la fois à la tendresse d'une relation de couple et à la fougue et l'absence de retenue d'un plan cul.

Chloé se laissa tomber sur lui, l'entrainant dans sa chute. Ils s'effondrèrent sur le lit, le souffle court. Elle se lova contre lui, et lui chuchota : « aime-moi ».

Matthieu la serra contre lui, dans un sourire. Maintenant, il savait.

Chapitre 15

— C'est quoi la suite ? demanda Matthieu.

Aline avait un petit sourire entendu depuis le début de la journée et Kévin faisait à moitié la gueule.

— On devait aller en Savoie, non ? demanda la star. Et ensuite, on fait étape à Marseille, je rêve de revoir les calanques.

— Ce que femme veut… rit Matthieu en regardant Chloé.

— Oui, ça va, on a compris, vous avez couché ensemble, grogna Kévin.

Loin de se démonter, Matthieu répondit à l'ectoplasme :

— Hey, c'est bon le macchabé, on allait pas t'emmener avec nous hier soir ! On a même suivi tes recommandations et on s'est trouvé une chambre. Tu devrais être content, non ?

— Gné, gné, gné, marmonna le fantôme.

Pour détendre l'atmosphère, Chloé lança pour la millième fois *sang pour sang*, la dernière chanson de sa sœur.

Au bout d'à peine une minute, tout le monde chantait à tue-tête dans l'habitacle. Jenny, bien mieux que les trois autres.

L'intégralité des tubes de la chanteuse furent diffusés, et invariablement, Kévin braillait plus fort que les autres. Le trajet était long et Matthieu s'assombrissait de plus en plus. Ce n'est qu'en fin de journée qu'il comprit ce qui le chagrinait. Ils avaient réservé un hôtel à quarante minutes à peine de la maison de retraite de sa grand-mère. Il repoussait depuis des années le moment où il irait lui rendre visite.

— Tu regrettes pour hier, s'inquiéta Chloé lorsqu'ils se retrouvèrent seuls sur une aire d'autoroute.

— Non ! Non, pas le moins du monde ! Je ne voulais pas te laisser cette impression, excuse-moi ! C'est juste qu'on va passer pas loin de la maison de retraite de ma grand-mère et ça me fait penser que je suis pas allé la voir depuis beaucoup trop longtemps.

Chloé eut un discret soupir de soulagement, ce qui étonna le jeune homme. Elle tenait donc à lui à ce point-là ?

— Tu culpabilises ?

— Oui, je me dis qu'elle est pas éternelle, tu vois ?

— Alors allons la voir et le problème sera réglé !

— Nan, c'était pas prévu, une fois qu'on aura fini notre *mission Jenny*, je pourrai y retourner, mais là, j'aurais l'impression de retarder le sort de deux fantômes en errance, ça me fout un peu la pression.

— Ho ! Aie un peu plus confiance en tes amis, râla gentiment Chloé.

Elle le saisit par la main et l'entraina dans la voiture. Kévin et Aline attendaient sagement, chacun assit de part et d'autre du sac qui contenait leur ancre.

— Matthieu se sent mal parce que sa grand-mère habite pas loin de notre point de chute et qu'il n'est pas allé la voir depuis longtemps. Quelqu'un s'oppose à ce qu'on fasse un crochet ?

— Non, répondirent à l'unisson Aline et Kévin.

***

Matthieu avait gardé le silence pendant presque tout le reste du trajet. Il ne se souvenait pas de la raison qui l'avait poussé à accepter de visiter sa grand-mère, mais il regrettait sa décision.

Elle était en maison de retraite depuis huit ans, mais il ne lui avait rendu visite que deux fois. Il y avait longtemps, avec ses parents. Il avait détesté la voir là-bas. Mamie Yvonne avait eu l'air aussi inspirée par les lieux que Matthieu. C'est dire.

Le jeune homme avait peur de ce qu'il allait trouver. Son état de santé s'était-il dégradé ? Avait-elle perdu en lucidité ? Allait-elle le reconnaître ? Lui en vouloir ?

Complètement étranger à ce qui trottait dans la tête de Matthieu, Kévin abreuvait Aline de questions. L'artiste y répondait avec une patience d'ange.

« Oui, je savais qu'il y avait un photographe quand j'ai mis une main au cul de Chirac, je l'aurais jamais fait, sinon »

« J'avais beaucoup de couturiers qui bossaient avec moi, mais il me semble que sur le clip de *la litanie des anges* ma robe était faite par Gauthier. »

« Non franchement, je n'ai pas de préférence entre le rouge cerise et le carmin »

Jenny perdit toute sa patience à la dernière question de Kévin :

— T'as déjà été amoureuse ?

Presque malgré lui, Matthieu fut tiré de ses pensées, l'oreille aux aguets.

— Franchement Kévin, y a pas d'autres sujets que ma vie qui t'intéressent ?

— Ah je suis pas d'accord, intervint Chloé. Le rouge à lèvres, les fringues, tout ça on s'en fout pas mal, mais pour une fois, Kévin a posé une question qui nous intéresse tous.

Le silence se fit dans l'habitacle. Aline soupira :

— Je vous préviens, je ne réponds plus à aucune question après ça. Mais ce que je vais vous dire va vous décevoir, vous êtes avertis.

Kévin s'agitait comme s'il avait des charbons ardents sous les fesses.

— Je ne sais pas si j'ai été amoureuse. J'ai eu des plans cul, j'ai eu des béguins, mais être célèbre change la donne. Difficile de savoir si on aime vraiment, si on aime l'idée d'aimer, ou si on aime être aimée.

— T'as eu des béguins pour qui ? demanda Kévin.

— J'ai dit que c'était tout, Kévin. Tu en sais déjà plus que n'importe quel fan sur ma vie. Contente-toi de ça.

La réponse de Jenny était un peu triste, mais pleine d'honnêteté.

***

La maison de retraite sentait l'hôpital et le petit vieux, savant mélange de désinfectant, de naphtaline et d'eau de Cologne bon marché.

— Yvonne Lectus, demanda Matthieu à l'accueil.

La porte de prison qui tenait le poste consulta son ordinateur et répondit sans même lever les yeux vers le jeune homme.

— 4e, chambre 406, fit-elle d'une voix monocorde avant de prendre un appel pour dispenser son aimable savoir à une autre personne.

Le jeune homme trouva tant bien que mal un accès aux étages et s'arrêta devant la porte 406 le cœur battant. Il frappa deux coups rapides avant de rentrer dans la chambre.

— Matthieu ! Quelle bonne surprise !

— Bonjour, mamie.

Matthieu sentit un poids s'effacer de ses épaules. Sa grand-mère était comme dans ses souvenirs, quoi qu'un peu plus frêle, et elle était loin de perdre la boule. Il envoya discrètement un texto à Chloé qui ne tarda pas à débarquer dans la chambre avec les deux fantômes.

— Oh tu es venu avec ta petite amie ? Je la préfère à l'autre, là. Comment elle s'appelait ? Justine ! Vous êtes bien plus jolie, mademoiselle. Et moins vulgaire ajouta-t-elle à l'attention de son petit-fils.

— Mamie, la gronda-t-il en rougissant. Bon comment ça se passe, ici, tu es contente ?

— Oh tu sais, vivre en maison de retraite, c'est un peu comme vivre sous l'occupation, tu te sens jamais vraiment chez toi.

— Ouais m'enfin les infirmiers te fusillent pas si tu te tiens pas correctement !

— Non, c'est sûr, enfin bon à nos âges, même s'ils nous en menaçaient, ça aurait pas grand effet. C'est peut-être pour ça qu'ils le font pas.

Matthieu leva les yeux au ciel en souriant.

— D'ailleurs, avec Léon, le locataire de la chambre d'à côté, on a monté une rébellion. J'peux te dire qu'on a la cote ici.

— Une rébellion ? demanda Chloé. Vous avez fait quoi, débranché les pacemakers et piqué les thermomètres ?

— Presque ! Les infirmières ont commencé à nous nourrir de plus en plus tôt. Moi, je veux bien les arranger, mais dix-sept heures, c'est l'heure du goûter pas du dîner. On leur a dit gentiment, au début, mais on a eu pour toute réponse : « on a pas le temps de faire autrement ».

Chloé, hilare, était suspendue aux lèvres de la grand-mère.

— Du coup, avec Léon on a fait passer le mot. À partir de maintenant, tout le monde pisse dans la couche. On ne mange qui si on nous porte la cuillère aux lèvres, on ne se déplace plus qu'en chaise roulante. Bref, le mot d'ordre : autonomie zéro.

— Vous avez quand même pas fait ça ? pouffa Matthieu.

—Je veux mon neveu ! Une semaine. Une semaine pour que les aides-soignants se mettent en grève et que l'hôpital retrouve des effectifs. Ils sont gentils ces gamins, mais il faut les motiver un peu !

— Alors, maintenant, vous mangez à quelle heure ? demanda Chloé.

— On a trouvé un consensus. Les repas sont apportés au plus tôt à 18h30.

— C'est toujours un peu abusé, grogna Matthieu.

— Tout le monde fait des efforts, c'est bien le principal, le rabroua la grand-mère en agitant la main, comme pour chasser un moustique.

Le jeune homme garda un instant le silence. Chloé le regardait du coin de l'œil et vit son regard triste changer pour un air bien plus mutin.

— Et sinon, ce Léon, tu lances souvent des rebellions avec lui ?

Yvonne prit un air faussement outré :

— Qu'est-ce que tu insinues, le marmot ? À notre âge on a plus l'opportunité que de l'amitié ! Et puis, Léon, il est sympa mais sourd comme un pot. Quand il oublie son sonotone, y a plus moyen d'avoir une conversation sans faire dérailler ses cordes vocales.

— Mouis, m'enfin s'il s'accommode de tes ronflements, c'est bien le principal ! Je me rappelle quand j'étais petit, tu faisais vibrer les murs de ta maison !

— Mais tu n'as donc aucun respect pour tes ainés ! Tu es venu me voir pour me tourmenter !

Yvonne accompagnait chacune de ses phrases d'une petite tape sur l'avant-bras de Matthieu qui battit en retraite derrière Chloé.

— C'est bon, c'est bon, j'ai compris ! J'dis ça comme ça.

Les deux fantômes conservaient jusque-là un silence royal et Matthieu les en remercia d'un petit sourire accompagné d'un hochement de tête. Ils savaient qu'ils n'avaient qu'à moitié leur place ici.

Sans vraiment savoir pourquoi, le jeune homme s'en voulait de ne pas être parfaitement honnête avec sa grand-mère. Il aurait voulu lui dire. Il aurait voulu lui présenter Kévin. Elle l'aurait adoré.

— Mamie, tu crois aux fantômes ? demanda-t-il subitement.

— Bien-sûr ! Et je peux te dire, j'en ai vu suffisamment ici pour ne pas avoir envie d'en devenir un, un jour. Je compte bien vivre ma vie jusqu'au bout et boire mon verre jusqu'à la lie !

Matthieu devinait qu'au fond sa grand-mère et lui ne parlaient pas tout à fait de la même chose, pourtant les paroles de l'ancienne faisaient étrangement écho aux problèmes de Kévin et

Aline. Cette dernière chose, qu'ils n'avaient pas faite ou eu le courage de faire sur terre.

Il comprit à quel point il était terrifié, à quel point il se sentait démuni face à la vie.

Et si lui aussi ne parvenait pas à partir à cause d'une tâche inachevée ? Ou sa grand-mère ? Et faire le nécessaire pour que ça n'arrive pas n'était-il pas tout aussi terrifiant ?

Les larmes montaient sans qu'il ne parvienne à les contenir. Il se frotta le bras pour chasser son malaise, mais ses yeux ne désembuaient pas.

— Ben alors, mon grand ? C'est pour ça que tu es venu me voir, tu as peur des fantômes ?

Matthieu renifla un grand coup, faisant vrombir ses sinus.

—J'avais peur que tu en deviennes un, mamie. Je supporterais pas de te voir malheureuse à ce point.

— Bah ! s'exclama-t-elle. Te voilà rassuré ! Ma vie, je l'ai bien vécue. Depuis la mort de ton grand père, chaque année est un bonus qui m'est accordé et j'en profite comme il faut, même ici avec ma rébellion des couches.

Matthieu se pencha et pris sa grand-mère dans ses bras.

— Tu m'as manquée, mamie. Promis je viendrai te voir plus souvent.

Matthieu et Chloé passèrent le gros de l'après-midi avec Yvonne. Lorsque l'heure du départ sonna, Le jeune homme embrassa une dernière fois sa grand-mère.

Soudain très sérieuse, la vieille dame le saisit par les épaules et le tint à bout de bras. Elle plongea son regard dans le sien.

— C'est bien que tu aies cette aventure.

Matthieu ne savait pas si elle parlait de sa relation avec Chloé ou de l'aventure plus générale qu'il vivait ces derniers jours. Son sourire énigmatique suggérait plutôt la deuxième option.

— Chloé, mon petit, tu voudrais bien rester un instant, j'ai un souci avec mon tricot, et j'aurais bien besoin de ton aide.

— Euh oui, je veux bien, mais je sais pas tricoter, moi…

— Oh rien de compliqué, il y en a pour cinq minutes.

Yvonne leva les yeux vers Matthieu et le chassa d'un geste de la main :

— Allez, tu peux nous laisser, ne t'inquiète pas, je vais te la rendre !

Le jeune homme comprit le message. D'un geste, il sortit le collier du sac et le tendit à Chloé.

— Tu veux le récupérer ? Je sais que tu tiens à l'avoir près de toi.

Chloé acquiesça et Matthieu quitta la chambre, légèrement inquiet de ce que sa grand-mère pourrait bien raconter à sa compagne.

— Tu crois qu'elle lui raconte quoi ? demanda Kévin.

— Aucune idée. J'espère qu'elle lui lâche pas tous les trucs gênants qu'elle m'a vue faire quand j'étais gosse, sinon je ne retrouverai jamais grâce aux yeux de Chloé… Ça dure depuis longtemps, non ?

Kévin acquiesça silencieusement.

— Tu crois qu'elle la menace, façon *Le Parrain* ?

— Je vois mal ma grand-mère glisser une tête de cheval dans le lit de Chloé… Mais le coup du « on ne touche pas à la famille », ça reste plausible. Putain, j'espère que c'est pas ça ! s'exclama Matthieu soudain paniqué. C'est encore pire que me foutre la honte.

Le temps semblait s'étirer à l'infini. Kévin refaisait en boucles les répliques du film depuis dix minutes avec un mauvais accent italien, ce qui n'arrangeait rien à la lente agonie de Matthieu.

Chloé finit par ressortir. Elle avait pâli de quelques teintes et semblait plus soucieuse que lorsque Matthieu l'avait laissée. Aline était aussi mutique que sa sœur et regardait ses pieds.

Ils retournèrent en silence à la voiture.

Assis derrière le volant, Matthieu ne savait pas comment lancer la conversation.

— J'en peux plus, explosa Kévin. Il s'est passé quoi ??? Elle t'a menacée avec un flingue, elle t'a obligée à boire l'eau de son dentier ? Raconte !!!!

La bombe eut le double effet de faire sursauter Matthieu et de faire rire Chloé.

— Ta grand-mère sait.

— Elle sait quoi ? Que nous sommes hantés par deux fantômes ? Ma question lui a mis la puce à l'oreille ?

Chloé haussa les épaules et écarta les bras pour montrer son ignorance.

— Elle sait qui je suis et que nous sommes recherchés. Elle m'a fait comprendre qu'elle regardait les infos tous les jours et que mon visage lui était plutôt familier. Apparemment, il y a même eu une émission entière sur moi.

— Ah *shit*, elle t'a menacé ? Elle t'a dit que tu devais plus me voir ?

— Rien de tout ça. Elle m'a parlé de tout autre chose.

— Ben c'est quoi le problème ? Pourquoi vous avez des têtes d'enterrement, toutes les deux ?

Aline prit cette fois la parole :

— En substance, elle lui a dit : « Vous n'êtes pas la sœur d'une chanteuse célèbre, vous êtes Chloé. Ce n'est pas elle qui vous définit. Tant que vous vivrez à travers votre sœur, c'est vous qui demeurerez son fantôme et c'est vous qui hanterez les vivants, jusqu'à ne plus vous reconnaître dans le reflet du miroir. Vivez par vous-même. Inutile de chercher à vous faire remarquer, vous êtes déjà remarquable et votre sœur n'a rien à voir là-dedans. »

Matthieu garda le silence un instant avant de reprendre la parole.

— J'ignorais que Mamie Yvonne pouvait être aussi sage.

— Elle a dit quoi, elle a dit quoi ? pressa Kévin en sautillant sur le siège arrière.

Matthieu soupira, réunit les deux ancres dans le sac plastique, avant de répéter les paroles d'Aline.

— Je ne vois pas le problème, lança Kévin, c'était pas bien méchant, si ?

— Le problème, répondit Chloé, c'est qu'elle a parfaitement raison, et c'est pas évident à entendre, que ce soit pour moi ou pour Aline.

Chapitre 16

Chloé s'était tue tout le long du trajet menant aux terres où ils devaient répandre les cendres de la star, alternant sommeil et mutisme. Matthieu avait conduit de nuit. Ils arrivèrent en Savoie trop tard pour prendre un hôtel, mais les nuits étant encore chaudes, ils décidèrent de se reposer dans une pâture.

Tous deux allongés sur l'herbe, Matthieu avait posé sa tête sur le ventre de Chloé et tenait sa main dans la sienne. Les moutons paissaient paisiblement, autour et les deux fantômes semblaient perdus dans leurs pensées.

— Tu as eu quel genre d'enfance, toi ? demanda subitement la jeune femme.

— Pourquoi ?

Chloé soupira bruyamment

— Mais réponds, juste !

Matthieu ricana.

—Je sais pas, plutôt heureuse, je dirais... Curieuse, aventureuse, même.

— Quels genres d'aventures ?

—Je sais pas... Du genre à se forger ses propres expériences, même si on se fait mal ?

Devant le silence de sa compagne, Matthieu ajouta :

— Quand j'ai su faire du vélo tout seul, je ne lâchais plus ma bécane. J'en faisais du matin au soir devant la maison. Je trouvais que parvenir à tenir en équilibre était une prouesse ! Je ne comprenais pas comment ça marchait, pourquoi je tombais à l'arrêt alors qu'en avançant, j'arrivais à rester en selle. Fascinant. Et puis un jour, je me suis demandé ce que ça faisait de se mettre des bâtons dans les roues. Littéralement.

— Ouch… T'as pas fait ça ?

— Bien sûr que si ! J'ai mis la pointe de mon pied dans les rayons de la roue avant et avec beaucoup d'entrain, qui plus est.

— Alors ?

— Alors j'ai fait le plus beau soleil de ma vie. Je me suis planté le menton dans le bitume, ce qui m'a valu la petite cicatrice que tu vois là.

Chloé passa un doigt léger sur la fine ligne blanche qui s'étendait sur le menton de Matthieu.

— Qu'est ce qui a changé ? demanda-t-elle ?

—Je sais pas… un jour j'ai dû commencer à avoir peur de souffrir, comme tout le monde. J'ai arrêté les expériences et je me suis cantonné à ce qui m'était familier.

— Et maintenant ?

— Maintenant, je cambriole des familles en deuil pour leur voler les cendres de leur proche, enlever leur fille, le tout accompagné de deux fantômes.

— N'en fais pas trop… Tu ne m'as pas enlevée !

— Non, mais remarque quand même que c'est loin d'être la partie la plus dingue de ma phrase.

Chloé gloussa. Matthieu s'était redressé et contemplait à présent les premiers rayons du soleil, illuminer le visage de la jeune femme. Elle semblait constamment perdue dans ses pensées. Matthieu aurait été bien incapable de traduire tout ce qui passait à travers le regard de sa compagne. Le silence se fit quelques instants, parfois interrompu par le bêlement d'un des moutons un peu plus actif que ses congénères.

L'expression pensive de Chloé céda sa place à la détermination.

— Tiens, lui dit-elle en lui tendant l'urne, fais-le, toi.

— Tu es sûre ? Tu as toujours tenu à le faire toi-même, ou en tout cas, à y participer.

— Vas-y, je te dis. Ta grand-mère a raison. Il est temps que je m'émancipe de ma sœur. Je suis là pour que ses dernières volontés soient accomplies. Et c'est vraiment un plaisir de voyager avec vous trois, mais répandre ses cendres seule a encore moins de sens, maintenant. Ma sœur n'a pas besoin que ce soit moi qui le fasse. Donc, vas-y.

Matthieu acquiesça silencieusement et se leva l'urne dans les bras. Il se planta au milieu d'un rayon de lumière et laissa les cendres se disperser dans un nuage scintillant.

— Tu vois ? Tu t'en sors comme un chef !

Pour souligner l'affirmation, Aline et Kévin applaudirent avec enthousiasme.

— Oui ben c'est bon, hein, n'en faites pas trop non plus !

Le regard de Matthieu se posa sur le visage de Chloé. Elle semblait tout à coup très sérieuse. Elle observait une voiture à quelques dizaines de mètres de là.

— C'est moi ou le mec dans la voiture vient de nous prendre en photo ? demanda-t-elle, les sourcils froncés.

— Quoi ? Attends je vais aller lui parler.

Matthieu se dirigea vers la voiture d'un pas décidé, mais le conducteur démarra aussitôt.

— Tu crois que c'est la police ? demanda-t-il inquiet à la jeune femme.

— La police nous aurait interpellés, lui, il nous prend en photo. Un journaliste ?

— J'en sais rien. Qu'est-ce qu'on fait ?

— Foutons le camp, suggéra Kévin, ils ne savent pas où on va, et on va vite se rendre compte si on est suivis.

Tout le monde était d'accord et ils regagnèrent rapidement la voiture.

Matthieu démarra pied au plancher, dans un crissement de pneus. Il n'osait pas l'avouer, mais il était excité de cette cavale. Kévin et Aline regardaient avec suspicion tous les véhicules alentours sur l'autoroute, tandis que Chloé pianotait sur son téléphone.

— Tu crois pas qu'il faudrait t'en débarrasser ?

— De mon téléphone ? Nan mais c'est bon, on répand des cendres, on est pas des criminels de guerre, hein. En plus, le commissariat qui gère ça doit avoir tellement peu de moyen que les flics arriveront sur nos traces dix jours après notre passage !

Elle se tut un instant avant d'ajouter :

— Je l'ai !

— Quoi, tu as quoi ?

— C'est partout sur les réseaux sociaux. Les fans se sont organisés pour suivre notre tour de France ! Il y a des photos de nous partout, à chaque endroit où on a fait étape.

— Sérieux ?

— J'te jure, répondit Chloé en brandissant son téléphone sous le nez de Matthieu. Quand je te dis que les fans sont des dingues !!

— On est pas dingues, on est passionnés. La preuve, ils nous ont suivi de loin, ils nous ont pas dérangés, on les a même pas remarqués !

— Sauf l'autre tordu en voiture, et les trois greluches qui chantaient sur la plage, en Bretagne.

— Laisse-les, Chloé, intervint Aline. Ils ne sont ni méchants ni dangereux. Je suis sûre qu'il y a parmi eux des tas de petits Kévin qui ont besoin d'accomplir ça.

À l'évocation de l'adolescent, Chloé se calma instantanément.

— Je sais bien qu'ils sont pas méchants, mais en attendant, la police a juste à se connecter à twitter pour savoir où on se trouve !

— Et bien qu'ils le fassent, termina Matthieu. Ils auront toujours un train de retard sur nous ! Maintenant, si vous voulez bien, je sens que Kévin est chafouin, je vais lancer *sang pour sang*.

Jenny soupira et leva les yeux au ciel : elle ne supportait plus de l'entendre. Matthieu devina qu'elle ne supportait plus de l'entendre. Le jeune homme aurait pu abréger ses souffrances, mais le running gag était trop bon pour qu'il s'en prive.

La chanson était devenue la soupape qui ramenait la bonne humeur dans l'habitacle. Ils avaient beau l'avoir entendue mille fois, les quatre premières notes étiraient systématiquement de grands sourires sur leur visage. Y compris celui d'Aline.

Chapitre 17

Matthieu laissa passer un silence. Assis à la terrasse d'un café, ils attendaient l'heure du *check-in* de leur hôtel. Kévin et Aline faisaient un concours de tenues improbables et Chloé sirotait un coca en les observant du coin de l'œil. Ils étaient arrivés aux alentours de midi à Marseille et avaient fait halte pour boire un verre et manger un morceau.

— Tu vas finir par me le dire ? demanda doucement le jeune homme.

— Quoi donc ? demanda Chloé comme si elle avait loupé un bout de la conversation.

— Pourquoi mon enfance t'intéresse tant.

Soupir.

— Je n'arrive pas à te cerner, lâcha-t-elle. Habituellement, je fais le tour de quelqu'un en deux coups de cuillère à pot. Mais toi… J'ai du mal. Pourtant on voyage ensemble depuis quelques temps, maintenant.

Chloé avait fini sa phrase avec beaucoup de lenteur, comme si elle avouait un secret qu'elle n'avait aucune envie de dévoiler.

— Serai-je un mystère pour vous, madame Debreuil ?

En réponse, Matthieu reçut une tape sur le front

— C'est ça, moque-toi !

Le jeune homme laissa filer quelques secondes avant de demander :

— Comment fais-tu pour cerner les gens ? J'en serais bien incapable, moi.

— C'est difficile à expliquer. La nature des gens transpire dans leur attitude. Ce mec-là, par exemple. Celui qui boit son café. Propret, bien coiffé, costard, rasé de près... Il pue le commercial à plein nez. Mais retire-lui ses fringues, il lui reste quoi ? Son dos droit, torse bombé, bras croisés sur la poitrine, petit sourire en coin. Il est suffisant, supérieur. Le genre de mec qui se met en couple avec un faire-valoir. Un joli minois et pas grand-chose dans le ciboulot. Quelqu'un sur qui il gardera la main. Il dira à ses collègues : « Monique ? Ouais, autant elle a un joli cul, autant heureusement que je suis là pour faire tourner la baraque ». Il cédera à ses envies, ses caprices, même. Il lui fera plaisir, tant que ça ne lui demandera pas de se mettre en danger, de s'impliquer trop.

— Wouah... Tout ça ?

— Et encore, je pourrais disserter sur Jean-Yves toute la journée.

— Et lui, là ?

— Le petit geek ? Facile : il a les épaules tellement voutées que s'il pouvait les faire se toucher devant son menton, il le ferait. La panoplie intégrale cravate et rolex au poignet ne suffirait pas à lui donner la confiance en lui nécessaire pour évoluer dans les mêmes sphères que Jean-Yves et son café. Ses gestes sont maladroits. Tiens regarde, Jonathan vient de manquer de renverser son coca, alors que Jean Yves repose sa tasse dans la soucoupe dans un silence absolu, ce qui est pratiquement impossible pour un être-humain. Son mouvement de jambe trahit son malaise : il a autant envie d'être là au milieu d'inconnus que de se prendre un coup de pied au cul.

Matthieu était fasciné par l'exercice.

— Mais ce doit être terrible de voir autant de choses chez les gens sans même leur parler !

— Tu te demandes pas pourquoi je préfère travailler avec les morts ? Mais bon, disons qu'au moins ça permet de faire le tri.

Aline qui s'était revêtue d'une tenue plus adaptée aux circonstances, intervint, passablement énervée.

— Demande-lui plutôt à quand remonte sa dernière relation sérieuse !!

— Le peu de fois où j'ai laissé sa chance au produit, ils m'ont tous déçue, se défendit Chloé. Ils ont tous eu le comportement exact que j'avais redouté à la première rencontre.

— Ou bien tu as tout fait pour qu'ils en arrivent là, pour te conforter dans cette « malédiction » de lire les gens. Tu t'engouffres dans les failles, tu les exploites jusqu'à ce que tu puisses enfin dire : « vous avez vu ? J'avais raison ».

Chloé pinça les lèvres sans répondre. Aline n'y allait pas avec le dos de la cuillère et Matthieu se garda bien d'intervenir. Impitoyable, la grande sœur poursuivit :

— Je dis pas que tu n'es jamais tombée sur un connard, je dis que tu n'as jamais vraiment laissé sa chance à aucun. Ah c'est certain, si tu n'essayes pas, tu ne risques pas d'échouer. Mais c'est ça, la vie. C'est tenter, échouer, et parfois se faire mal, mais continuer jusqu'à réussir !

— Tu es bien placée pour parler de la vie, toi qui as mis fin à la tienne ! contre-attaqua Chloé. Je suis pas certaine que tu aies vraiment voix au chapitre !

Les deux soupirèrent bruyamment, croisèrent les bras dans un même mouvement avant de détourner le regard de l'autre.

Matthieu avait observé l'échange comme une partie de ping-pong. Il aurait voulu changer de sujet pour retrouver une atmosphère plus détendue, mais une question lui brûlait les lèvres.

— Et moi ? demanda-t-il doucement.

— Toi ? répéta Chloé, les sourcils arqués.

— Tu as vu quoi sur moi ?

La colère de la jeune femme sembla se dissiper à l'énoncé de la question, au profit d'un léger malaise. Elle se frotta nerveusement avant de se jeter à l'eau.

— Dans un premier temps de la panique, répondit elle en lâchant un petit rire. J'ai été étonnée parce qu'un mec qui vole des cendres, c'est plutôt un gars du genre déterminé. Toi tu avais plus l'air écrasé par la fatalité. Je n'aurais pas su dire si tu t'en foutais de tout ou si tu pensais n'avoir plus rien à perdre.

Chloé allait ajouter quelque chose, mais choisit de se taire. Peut-être par peur de le froisser. Comme s'il se doutait de ce qui se passait dans la tête de sa compagne, Matthieu eut un petit sourire rassurant :

— Continue, s'il te plait.

— Je sais que je passe à côté de quelque chose. Essayer de te lire, c'est comme tenter de discerner les traits d'une personne sur une vieille photo. En plissant des yeux on arrive vaguement à avoir une vue d'ensemble, mais impossible de cerner les détails.

— Peut-être parce que je suis trop largué pour savoir ce que je ressens ? Et que du coup ça se voit ?

— Je te rassure, je crois bien que tout le monde est largué. Et honnêtement, je pense au contraire que tu es assez honnête avec toi-même pour savoir, bien plus que d'autres, où tu en es. Tout dans ton attitude transpire le mec qui se laisse porter, que plus rien n'atteint. Je pourrais t'en coller une que tu hausserais les épaules. Mais ton regard… J'y vois un mélange de peur et de tristesse. Mais il n'y aurait ni l'un ni l'autre si tu t'en foutais vraiment de tout, non ? Et puis depuis un moment, y a quelque chose d'autre qui s'est allumé.

Matthieu frissonna. Elle était douée. Bien sûr qu'il était triste : il avait sans s'en rendre compte, perdu tout ce qui lui était cher.

Bien sûr qu'il avait peur. Il avait retrouvé une petite parcelle de ce qui lui manquait tant. Il craignait à présent le moment où il le perdrait de nouveau, quand tout serait fini.

Et bien sûr qu'il avait changé depuis qu'il la connaissait.

La lueur d'inquiétude dans le regard de Chloé rappela à Matthieu qu'il gardait le silence depuis un moment.

— C'est impressionnant, finit-il par dire.

— Alors ? demanda-t-elle. C'est quoi ce truc que je n'arrive pas à identifier ?

L'amour, pensa-t-il.

— L'espoir, probablement, répondit-il en essayant de rester honnête.

La réponse laconique dut inciter Chloé à ne pas aller plus loin dans ses questions.

Elle mâchouillait compulsivement son bout de paille tout en cherchant à coté de quoi elle passait. N'y tenant plus elle lança :

— Je viens de te donner des éléments qui ne vont pas ensemble ? Tu ne peux pas tout valider !

Matthieu haussa les épaules :

— L'être humain n'est pas binaire. Il est en nuances. Le paradoxe n'est pas exclu.

Il réfléchit un instant pour trouver le bon exemple.

— Tiens regarde notre Jean-Yves. On a vu qu'il était d'un narcissisme exacerbé. Il a donc le sentiment d'être supérieur aux autres. Pour autant, il a peut-être une piètre opinion de lui-même ?

Chloé leva un sourcil.

— Il a peut-être juste une opinion encore plus pourrie du reste du monde, compléta Matthieu.

— Tu me fais voir Jean-Yves sous un nouveau jour, répondit la jeune femme en se caressant le menton entre le pouce et l'index.

— Tu ne devrais pas te laisser impressionner par un petit paradoxe de rien du tout. J'ai pourtant pas l'impression que tu sois du genre à ne pas te fier à ton jugement…

— Tu vois que tu n'es pas si mauvais à lire les gens, rit Chloé.

— Jean-Yves est un bon prof.

— Mais Jean-Yves est toujours un con, hein ? demanda la jeune femme l'air faussement inquiet.

— Oui, bien sûr, ça ne fait pas un pli ! répondit Matthieu sur le ton de l'expert.

Aline les observait en silence, un sourire accroché aux lèvres. Sa colère semblait être passée aussi vite que celle de sa sœur.

— Quand j'étais ado, reprit le jeune homme, il y avait un terrain de basket pas loin de chez moi. On s'y retrouvait parfois avec mes potes. On glandait comme tous les ados, sans vraiment rien faire d'autre que discuter et rire bêtement à quelques blagues. Moi, je les écoutais, surtout. J'ai jamais vraiment été le rigolo de la bande. Un après-midi j'ai vu une araignée passer à côté de moi au beau milieu de la grande dalle de béton. Et là, ça m'a frappé. Je me suis dit que sa vie était comme la mienne : perdue dans ce monde, espérant ne pas être vue, essayant de ne pas finir écrasée. Ni l'un ni l'autre n'avions vraiment notre place là où nous étions. Cette impression ne m'a jamais complètement quittée. Et… Je sais pas, je crois que j'avais peur de jamais vraiment trouver ma place, un jour.

— Et maintenant ?

— Maintenant, j'ai Kévin

— Il a changé ta vie, hein ?

L'intéressé leva de grands yeux vers Matthieu, un sourire plein de timidité sur le visage. Le fantôme aurait bien aimé disparaître, peu habitué aux compliments, pourtant, à l'inverse, il devenait de moins en moins transparent. Comme si les trois mots prononcés par son ami l'avaient un peu plus ancré parmi eux.

— Arrête, Matt, tu vas me faire rougir, tenta Kévin pour détourner l'attention de son malaise.

— Trop tard, souligna Chloé en riant.

— Ça va être l'heure du *check-in*, coupa Aline pour sauver son fan des griffes de sa sœur.

Chapitre 18

Le quatuor s'était arrêté à l'hôtel, bien décidés à rattraper leur sommeil en retard. Matthieu et Chloé avaient convenu de ne répandre les cendres que le lendemain dans les calanques et de profiter d'un après-midi de repos dans la chambre d'hôtel.

Chloé était vissée à la télévision de la chambre, encadrée de part et d'autre par un fantôme, lorsque Matthieu sortit de sa douche. Il eut à peine un regard pour l'écran, préférant profiter de la vue de sa belle, allongée sur le ventre en sous-vêtements.

— Alors, ça parle de nous ? demanda-t-il sans grand espoir d'une réponse négative

— Toujours, mais y a une nouvelle actualité. Avec un peu de chance, ils vont peut-être finir par nous oublier, suggéra Chloé.

—Je suis pas sûr que les journalises trouvent une meilleure information à se mettre sous la dent...

— Ah quand même, là on tient un truc pas mal ! Ya un flic qui s'est fait dessouder. Je sais pas si tu te souviens, ils en parlaient, hier.

— Oui, eh bien quoi ?

— Son cadavre a disparu de la morgue !

— Ben merde…

— C'est dingue, en ce moment les morts font plus parler d'eux que les vivants…

— Ouais, enfin si les poulets perdent même leurs cadavres, ils vont pas nous mettre la main dessus de sitôt.

— Espérons-le…

***

Matthieu dormait profondément lorsqu'une voix le tira de ses rêves. Il avait froid, la couverture était désormais au pied du lit.

— Kévin, je t'ai déjà dit que c'était pas drôle. Et tu vas réveiller Chloé.

— Réveillez-vous, y a les flics dehors.

Le jeune homme cligna plusieurs fois des paupières pour aider ses yeux à faire l'appoint. La chambre sombre était éclairée de bleu par intermittence.

Matthieu bondit du lit et se coula jusqu'à la fenêtre sans bruit. D'un doigt, il écarta le rideau. Deux voitures de police étaient garées sur le parking et un homme en uniforme parlait à la radio en jetant quelques coups d'œil aux fenêtres des chambres. Le jeune homme se cacha prestement de peur de se faire remarquer. Il réveilla Chloé à la hâte.

— Lève-toi, on doit filer.

— Hum ? répondit sa compagne encore endormie.

— Aline, réveille ta sœur, demanda Matthieu en bouclant les bagages.

Aline acheva de réveiller Chloé sans aucun ménagement. La jeune femme s'habilla à la vitesse de l'éclair et en moins de trois minutes, ils furent prêts à partir.

Le quatuor se glissa jusqu'au parking. Le policier que Matthieu avait repéré plus tôt était en train de parler dans sa radio :

— Selon le réceptionniste de l'hôtel les individus se trouveraient dans une chambre du troisième étage.

— Vous êtes en dehors des heures légales, répondit la radio. Gardez la porte jusqu'à six heures. Vous ne les interpellez que s'ils sortent.

Le policier envoya trois de ses collègues garder la chambre vide de Chloé et Matthieu.

— Merde, souffla le jeune homme. Ils restent près de la caisse.

La décapotable était encadrée par les deux voitures sérigraphiées.

— On a pas le choix, chuchota Chloé, on y va au culot ?

— Comme tu l'as dit, on a pas le choix, répondit Aline. On peut toujours partir en reconnaissance pour voir le meilleur angle d'approche ?

— Allez-y, on reste là, acquiesça Matthieu.

—Je vois pas où vous auriez pu aller de toute manière, répondit Kévin avant de suivre la star.

Ils revinrent prestement jusqu'au couple toujours caché au milieu d'un bouquet de buissons.

— Le plus sûr c'est de passer derrière les voitures, les informa Kévin, mais ça reste risqué, il suffit qu'ils vous entendent et c'est cuit. Et je vois pas comment vous allez pouvoir démarrer sans vous faire remarquer…

— Bon, allons-y avant qu'ils se rendent compte qu'ils gardent une chambre vide, sinon on est foutus.

Chloé avait amorcé un mouvement pour se relever lorsqu'une main s'agrippa à son poignet. Ils eurent tout deux le même hoquet de stupeur lorsqu'ils virent qu'un jeune homme d'une vingtaine d'années la retenait sur place.

Malgré son expression de visage qui affichait clairement un « lâche moi ou je t'en décolle une », le garçon déterminé, maintint sa prise. Il posa un doigt sur ses lèvres et lui intima le silence.

— Attendez deux secondes, on va vous aider à regagner votre voiture.

Sans lâcher le poignet de Chloé, il dégaina son téléphone et d'une main il rédigea un texto. À peine quelques secondes plus tard, des cris résonnèrent dans une ruelle proche de l'hôtel. Matthieu et Chloé discernèrent nettement les échanges de coups et les gémissements qui s'en suivirent.

L'un des policiers passa un bref message sur sa radio pour signaler que lui et une partie de son équipage se rendaient sur place, tandis que l'autre moitié restait devant la chambre pour garder les lieux.

— En route, lança l'inconnu en tirant soudain Chloé vers la décapotable.

Matthieu qui était resté observateur de la scène, suivit le mouvement. Il s'agissait probablement d'un des fans qui les suivaient de loin depuis le début de leur périple. Matthieu se détendit un peu. Enfin la chance tournait en leur faveur. Lorsqu'ils furent installés dans la voiture, le jeune homme s'empressa de démarrer le moteur.

Leur sauveur se pencha à la fenêtre de Chloé.

— Ravi d'avoir fait vôtre connaissance, merci de ce que vous faites pour Jenny !

— Vous êtes beaucoup à nous suivre ? demanda Chloé.

— Sur Marseille ? Une trentaine environ, ça nous a permis de nous organiser. Mais nous sommes partout, des centaines et des centaines ! C'est fabuleux !

—Je ne sais comment vous remercier, vous nous sauvez la vie !

— Menez à bien votre mission, ce sera déjà beaucoup.

Le jeune homme s'éloignait quand Chloé eut une idée.

— Attends ! lança-t-elle en fourrant deux poignées de cendres dans un sac plastique. Tiens, c'est pour vous ! Je vous fais confiance, jetez-les depuis les calanques.

Le visage de l'inconnu se tordit en un rictus et s'inonda de larmes.

— Merci ! Merci mille fois ! Vous pouvez compter sur moi, ce sera fait !!

Qui aurait cru que Chloé confierait les cendres de sa sœur à quelqu'un dont elle ne connaissait même pas le prénom ?

Matthieu se dépêcha de s'éloigner de la flopée de policiers qui trainaient autour de l'hôtel pour reprendre la route en direction de Bordeaux, dans un silence seulement perturbé par le moteur vrombissant de la décapotable.

— On a eu chaud au cul, lâcha Aline.

L'envolée ressemblait tellement peu à la star que Matthieu ne put retenir le petit ricanement qui s'échappa de sa gorge. Bientôt, le ricanement se transforma en fou rire qui envahit tout l'habitacle.

Le jeune homme ne parvenait pas à savoir s'il était secoué de sanglots ou de rires. Tout le panel était là : L'odieuse grimace, les spasmes, les larmes, et l'incapacité à sortir un son cohérent de sa gorge.

Chapitre 19

L'ambiance était morose dans la voiture. Chloé ne lâchait pas son smartphone, Matthieu était perdu dans ses pensées, Aline était silencieuse, comme à son habitude et Kévin avait abandonné l'idée de tenir une conversation avec des interlocuteurs qui répondaient par monosyllabes.

Chloé souleva pensive le couvercle de l'urne. Il restait à peine deux poignées de cendres à l'intérieur. Leur voyage tirait à sa fin. La prochaine halte marquerait le moment de faire ses adieux aux deux fantômes.

Matthieu redoutait le moment où ils mettraient fin à leurs aventures. À quoi ressemblerait sa vie, après ? Chloé resterait-elle auprès de lui, lorsqu'ils n'auraient plus ce but en commun ? Leur relation ressemblait-elle à ces amourettes de colonies, vouées à durer le temps des vacances ? Allait-il reprendre sa vie d'ermite comme avant l'apparition de Kévin ?

Kévin… Matthieu s'en voulait de ne pas réussir à profiter de ces derniers instants qui lui étaient offerts avec son ami, trop occupé à ruminer. Son appartement lui semblerait bien vide sans personne pour le hanter.

D'un coup d'œil dans le rétroviseur, son regard accrocha le visage rayonnant du fantôme. Kévin semblait imperméable au malheur, comme s'il était inconscient de son départ imminent.

Matthieu aurait voulu lui avouer tant de choses. Pour lui, c'était comme dire à un mourant tout ce qu'on a pas osé ou eu le temps de lui dire lorsqu'il était en bonne santé. Ces phrases qu'on aimerait entendre chaque matin de notre existence, celles qui rassurent : *Je t'aime. Tu as changé ma vie. T'as m'as tant apporté.* Ces phrases qui nous brûlent les lèvres et qu'on retient parce que les prononcer serait comme autoriser l'autre à partir. Parce qu'elles illustreraient trop nettement la fin d'un voyage qui se termine prématurément. Parce qu'énoncées à haute voix, elles rendraient un drame bien trop réel. Et qui voudrait de la réalité dans un moment pareil ?

Matthieu se promit de lui dire tout ce qu'il pensait bientôt. Mais le moment n'était pas venu. Pas encore. Il n'était pas l'heure d'effacer l'insouciance du visage de son ami.

Il semblait à Matthieu qu'Aline, à la différence de Kévin avait de moins en moins de consistance. Chloé faisait mine de ne pas s'en rendre compte, mais il savait que, bien que penchée sur son téléphone depuis plusieurs heures, ça la travaillait aussi.

— Tu te rends compte que j'ai près de quatre cent mille *followers* sur Instagram ? lâcha-t-elle pendant le trajet.

Son compte, suivi par quelques amis et sa famille avait explosé au début de sa cavale. Depuis qu'elle l'avait découvert, elle remontait son fil de notification pour découvrir les milliers de messages de soutien, d'insultes, ou de demande en mariage que les fans de sa sœur lui avaient envoyés.

— Et c'est qui, l'autre là, qui vous connaît ? demanda Chloé, en fronçant le nez.

— Quoi ??

— Ouais elle vient de m'envoyer un message : « Go Kévin et Matthieu », avec douze points d'exclamation.

— Ben je vois pas, c'est quoi son pseudo ?

— Read_a_book_as_a_goth.

— Ah ! Wendy ! C'est une bibliothécaire ! Il faudrait que je te la présente à l'occase, tu vas l'aimer.

— J'en doute, si ses jupes étaient plus courtes, on appellerait ça des ceintures.

— Mais non ! Et puis c'est la première à avoir essayé de m'aider avec le problème Kévin, à l'époque.

— Kévin a vraiment été un problème un jour ?

— Si tu savais !

Matthieu lui raconta sa rencontre avec Kévin, les frasques de son colocataire.

Chloé et Aline étaient écroulées, Kévin disparaissait dans le minuscule coffre de la décapotable.

— Heureusement que ma sœur m'a pas fait un truc pareil ! L'angoisse !

— Nan mais je vous jure, il m'a rendu chèvre le gosse !

Matthieu aurait voulu que ce moment dure pour toujours. C'était si bon d'être avec eux. Il voulait retarder le moment des adieux.

— On s'offre une dernière nuit à l'hôtel, ce soir ? On répandra les dernières cendres demain, non ? Autant profiter d'une dernière nuit tous ensemble ?

Les trois acquiescèrent. Ils avaient prévu de répandre les cendres au-dessus de la mer, à quelques kilomètres de Bordeaux. Une soirée. Il ne lui fallait taire ses inquiétudes que le temps d'une soirée. Profiter une dernière fois de sa famille et advienne que pourra par la suite. À peine arrivés, il avait laissé Chloé prendre une chambre d'hôtel et avait filé au magasin le plus proche. Il revint chercher ses compagnons pour un dernier pique-nique sur la plage. Foie gras, champagne, vin, toasts, il avait pris à manger et à boire pour quatre, oubliant qu'ils ne seraient que deux à consommer. Qu'importe. Ils allumèrent un feu de camp et devisèrent autour jusqu'à une heure avancée de la nuit.

Les vivants rentrèrent passablement ivres, les deux ectoplasmes leur montrant le chemin. Finalement, n'était-ce pas le lot de tout le monde, d'avancer dans un monde un peu trouble, guidé par ses propres fantômes ?

Matthieu s'endormit contre Chloé sur cette pensée. Au milieu de la nuit, il sentit un glaçon glisser de son épaule à son coude. Lorsqu'il ouvrit les yeux, il vit Aline penchée au-dessus de lui, un doigt parcourant son bras.

Allons donc ! Manquerait plus que la star ait quelques velléités à son égard.

— Qu'est-ce que tu fais ??

-- J'essaye d'attirer ton attention sans réveiller ma sœur.

— Ben qu'est-ce qu'il t'arrive ? demanda-t-il en baissant d'un ton.

— Il faut qu'on parle, dit-elle gravement.

Matthieu se redressa, soucieux. Il jeta un coup d'œil à Kévin. Le fantôme haussa les épaules : il ne savait pas non plus quelle mouche la piquait. Aline ne semblait plus concernée par grand-chose, sauf quand il s'agissait de sa sœur.

— Je t'écoute, répondit le jeune homme en se frottant le visage pour achever de se réveiller.

— Je vais bientôt vous quitter, j'ai toutes les peines du monde à garder un pied de votre côté du voile.

— Je m'en doutais. Tu sembles de plus en plus absente.

— Promets-moi que tu prendras soin de Chloé. Que tu ne lui feras pas de mal.

— Aline, tu sais bien que je suis fou amoureux d'elle

— Promets-moi, répéta-t-elle plus fort.

— Oui, oui, je te le promets

— Je te jure que si tu manques à ta parole, je trouverai le moyen de revenir, et tu regretteras d'avoir croisé le chemin de la famille Debreuil.

Il n'y avait aucune colère dans la voix de la chanteuse. Seulement une évidence froide.

— Tu sais qu'il n'y a bien qu'elle capable de me briser le cœur, l'inverse est impossible !

— Non, justement, ne l'oublie pas

— Très bien, très bien, je te le promets.

— Et promets-moi une dernière chose

— Quoi ?

— Dis-lui ce que tu ressens. Elle a besoin de l'entendre.

— Mais…

— Et arrête de faire le gosse, putain ! Tu prends des risques autrement plus graves depuis des jours pour la suivre. Il est temps maintenant de te jeter à l'eau ! Hop !

Matthieu avait appris il y a longtemps la maxime « ce que femme veut, dieu le veut ». Avec Kévin il avait compris que c'était surtout, ce que fantôme veut… Il n'osait ne serait-ce qu'imaginer ce qu'il se passait lorsque Femme-fantôme voulait.

— C'est entendu, capitula-t-il.

Aline sourit, s'éloigna du lit et s'assit près de la fenêtre où elle se replongea dans la contemplation du parking de l'hôtel.

Matthieu se retourna vers Kévin qui avait conservé le silence jusque-là. Il leva les mains, comme pour dire :

« Je n'ai rien à voir avec tout ça »

Le jeune homme leva les yeux au ciel et se blottit de nouveau contre Chloé. À l'évidence, il n'y avait aucune solidarité masculine à attendre au sein du groupe.

« Aime-moi », lui avait dit Chloé la première fois qu'ils avaient couché ensemble. Ses propos faisaient étrangement écho à ceux de sa sœur, à présent. Aline n'avait peut-être pas tort, finalement.

Chapitre 20

Chloé préparait quelque chose. Matthieu en était convaincu. À peine réveillée et malgré la gueule de bois évidente dont elle souffrait, elle sauta sur son téléphone. Elle réceptionna ses messages arrivés pendant la nuit, en envoya quelques-uns, et reposa son smartphone, définitivement cette fois.

Ils arrivèrent en haut de la falaise peu après les premières lueurs du jour. Malgré l'heure matinale, quelques badauds se tenaient debout, face à la mer.

Matthieu se demanda quelques secondes s'ils attendaient quelque chose, ils n'avaient pas l'air de se promener et se tenaient là, immobiles. Il n'eut pas besoin d'énoncer la question à haute voix. Soit les inconnus étaient habillés en noir, soit ils portaient des T-shirt à l'effigie de Jenny. Certains avaient amené des fleurs, comme à un enterrement.

— Comment ils ont …

Matthieu arrêta sa phrase au milieu de deux mots et regarda Chloé.

— C'est donc ça que tu faisais sur ton téléphone ?

La jeune femme hocha vigoureusement de la tête.

— Trois fois rien, une petite réunion entre amis.

Ils patientèrent une dizaine de minutes. Le rassemblement prenait de l'ampleur à chaque instant et bientôt, quelques centaines de personnes se tinrent en cercle autour du couple. Les murmures échangés s'accentuèrent pour devenir un brouhaha bourdonnant.

Chloé s'improvisa maîtresse de cérémonie, et Matthieu la regarda faire, silencieux. Il savait tout rituel inutile pour faire partir les fantômes, mais il lui sembla que jamais quelque chose d'inutile n'avait été aussi essentiel. Des adieux grandioses, voilà de quoi les faire quitter ce monde, l'âme en paix et le cœur chargé de bons souvenirs.

D'un geste, Chloé intima le silence à la foule. Les inconnus se rassemblèrent en un cercle compact autour des quatre amis. La jeune femme se saisit de l'ancre des fantômes et passa dans les rangs des fans pour les laisser toucher chacun leur tour les objets. Matthieu reconnu Wendy qui avait fait le déplacement. Elle n'avait pas encore eu accès aux ancres, mais adressa un petit signe à Kévin.

Les réactions ne se firent pas attendre. Stupeur, cris, malaises, larmes, tout y passa. Lorsque Chloé eut fini son cérémonial, seuls des sanglots perturbaient le silence quasi-religieux qui régnait sur la falaise. Aline fit son show une dernière fois, vêtue de sa plus emblématique tenue de concert, un sourire colgate accroché au visage. Kévin, pour la première fois sur le devant de la scène avec son idole se tenait droit comme un I, une immense fierté dans le regard. Il portait à présent une jolie trentaine, chevelure sculptée, torse bombé, barbe taillée, mâchoire affirmée. Matthieu le trouva beau.

Une sirène de police vint troubler le tableau. Les regards se tournèrent vers les deux véhicules sérigraphiés qui venaient d'arriver. La foule se resserra d'instinct autour de la star, en protection. Les policiers bataillèrent quelques instants pour se frayer un chemin jusqu'à Chloé, en vain. Que pouvaient-ils faire à huit contre cinq cent personnes ?

Sans se soucier du grabuge, Chloé embrassa sa sœur une dernière fois. Les larmes coulaient sur son visage et roulaient jusqu'à son sourire. Elles échangèrent quelques mots que Matthieu ne put entendre. La jeune femme recula de quelques pas et se saisit des dernières cendres dans l'urne. Sans quitter sa sœur du regard, sans cesser de pleurer, sans cesser de sourire, elle laissa les cendres s'échapper doucement de sa main, sous des salves d'applaudissements. L'esprit d'Aline sembla suivre le même chemin, s'éparpillant au gré des courants d'air, jusqu'à disparaître complètement.

Le cœur de Matthieu battait à tout rompre. Il n'avait pas fait ses adieux à Kévin. Il allait manquer sa dernière occasion de lui dire ce qu'il avait sur le cœur. En trois foulées, il parcourut la distance qui le séparait de son ami et se jeta dans ses bras. Une sono digne d'une rave illégale diffusait les titres de Jenny.

Contre toute attente, la poigne de Kévin se révéla ferme. Pas autant que s'il avait été physiquement là, mais suffisamment pour soutenir Matthieu.

— Tu croyais tout de même pas que j'allais partir sans te dire au revoir ? lui dit-il doucement.

— Kévin, je…

— Je sais, coupa le fantôme. Je sais. Il y a des choses qui se passent de mots. Notre amitié est au-delà de tout ça.

Le fantôme saisit Matthieu par les épaules et l'écarta pour l'observer. Il lui adressa un clin d'œil.

— Merci pour tout, je n'aurais pas cru m'amuser autant dans la mort.

Il releva les yeux vers Chloé :

— Et prenez votre temps pour nous rejoindre, là-haut. Promis, on refera les quatre-cents coups, mais le plus tard possible.

La poigne de Kévin se fit de plus en plus légère sur les épaules de Matthieu et déjà le fantôme s'étiolait pour rejoindre celui de Jenny : quelque part, nulle part, et partout à la fois.

Le rituel accomplit, la foule s'écarta pour laisser passer les policiers.

Matthieu et Chloé furent interpellés dans les bras l'un de l'autre. Leurs regards ne se lâchèrent pas, même après qu'on leur ait passé les menottes. Matthieu résistait passivement aux policiers qui tentait de l'emmener jusqu'à leur voiture.

« *Dis-lui ce que tu ressens, elle a besoin de l'entendre* », avait demandé Aline à Matthieu. Le jeune homme avait voulu attendre d'être prêt. Mais quand le serait-il ? Quand serait le bon moment, sinon maintenant ?

— Tu veux partir à Venise, après ? demanda-t-il subitement.

Chloé eut un air étonné, avant d'afficher un grand sourire.

— Oui ! répondit-elle. J'adorerai !

Le couple fut embarqué sous un tonnerre d'applaudissements. Pour des centaines de fans, ils étaient devenus des héros.

Chapitre 21

Tentative de vol, vol avec dégradations, atteinte à l'intégrité d'un cadavre. Matthieu patientait dans sa cellule avec bien plus de calme qu'il ne l'aurait imaginé, compte tenu des infractions qu'il avait entendues lors de son placement en garde à vue. Rester dans une pièce de 3 m² qui pue la pisse et la sueur sans savoir à quelle sauce on va être mangé ne faisait pourtant pas partie des meilleures conditions pour être serein. Gérard, son voisin de cellule ne cessant de hurler à qui voulait l'entendre que « nan, chuis pas beurré… », n'aidait pas vraiment non plus.

Vu son heure d'interpellation et le temps écoulé, la soirée était déjà bien avancée lorsque le verrou de sa cellule remua.

— Bonsoir Monsieur Mortier, je suis l'OPJ, c'est moi qui vais vous entendre.

— Et moi on m'entend pas ? brailla Gérard.

— Si Gérard, tout le monde t'entend depuis quatre heures, mais ton audition, ce sera pour demain. Je dois m'occuper de Monsieur, et toi, tu dois dégriser.

Le flic avait l'air parfaitement désabusé, et Gérard parfaitement bourré. Matthieu profita de l'altercation pour tenter de comprendre l'acronyme OPJ : *Officiellement Perdu dans la Jungle* ?

Le flic était accompagné d'un collègue en uniforme doté d'un physique qui incitait à se tenir tranquille.

« Organe Peut-être Juteux » ?

— Vous me suivez Monsieur Mortier ?

« Obligé de Partager son Jambon ? »

— Oui, oui, bien sûr, dit-il au flic en civil. Vous inquiétez pas, Monsieur, continua-t-il à l'attention de l'armoire à glace. Vous avez un gabarit qui donne pas envie de partir en courant… En tout bien tout honneur, hein…

Comme le géant ne se déridait pas, il demanda à l'autre :

— Dites, ça veut dire quoi OPJ ?

— Officier de Police Judiciaire, répondirent les deux autres en cœur, presque par automatisme.

— Ah, c'est moins drôle que ce que j'avais en tête…

— Vous pensiez à quoi ?

— Obligé de Pardonner les Jérémiades.

— Ouais, on est pas loin du compte, finalement, grommela le civil.

Matthieu se tut.

L'OPJ l'invita à s'asseoir sur une chaise plus vieille que lui, avant de pianoter sur son clavier pendant quelques minutes.

Le jeune homme n'avait rien d'autre à faire que de regarder la décoration du bureau. Les murs étaient jaunis, sans doute jamais lavés depuis l'époque où il était autorisé de fumer dans les lieux publics. La crasse était cependant habilement camouflée par des posters qui menaçaient de se décrocher et un discret calendrier Clara Morgane, probablement là pour cacher un trou dans le mur. Matthieu décerna une mention spéciale au dessin d'une feuille d'érable assorti de l'inscription « légalisez le Canada ». Y avait pas à dire, les poulets avaient du second degré.

À la demande du policier, Matthieu raconta son histoire. Il passa toutefois sous silence toute la partie fantomatique. Il essaya tant que possible de dédouaner Chloé, tout en gardant son récit cohérent. Quelques questions l'incitèrent à penser que le policier le prenait pour un illuminé :

« Êtes-vous sous tutelle ou curatelle ? »

« Souffrez-vous de troubles psychiques ou neuro-psychiques ? »

« Consommez-vous des produits stupéfiants ? »

***

Chloé avait entendu le flic prendre Matthieu en audition. Ils étaient revenus près de deux heures plus tard. Son compagnon ne semblait pas être au bord du gouffre, au contraire, il devisait gaiement avec l'enquêteur. Lorsqu'elle fut emmenée à son tour, le policier lui parut bien plus avenant que lorsqu'il était venu chercher Matthieu dans sa cellule.

Elle raconta leur épopée, minimisant l'implication de Matthieu. Lorsque l'enquêteur n'eut plus de questions à lui poser il profita qu'elle signait ses déclarations sur le procès-verbal pour lui glisser :

— Bon maintenant que l'audition est terminée, je voulais vous dire, je suis vraiment désolé pour la mort de votre sœur. Moi, perso je suis plutôt content que vous ayez fait ça pour elle.

Chloé leva les yeux vers le policier. Il avait l'air sincère.

— Je risque gros ? demanda-t-elle.

— Franchement ? Cette histoire a pris de l'ampleur parce que votre sœur était connue et que là-haut, ça veut pas prendre de risque, mais entre nous, vos parents ont retiré leur plainte dès que vous avez été interpellée. Ma main à couper que ce sera classé sans suite.

— Ah ? Non parce qu'avec votre histoire d'atteinte à l'intégrité d'un cadavre, j'étais pas complètement sereine.

— Vous inquiétez pas, Madame Debreuil, le code pénal est plein de grands mots, mais on risque moins avec l'atteinte à l'intégrité d'un cadavre qu'avec le vol.

— Vrai ?

— Véridique. Et quand on voit comment est puni le vol aujourd'hui… Autant vous dire que vous êtes là pour du pipi de chat.

— Ouf… Atteinte à l'intégrité d'un cadavre… On dirait quand-même vachement un truc de nécrophile, non ? C'est-à-dire qu'avec mon boulot, je suis pas sûre que ça passe très bien sur le CV. Si j'ai toujours un boulot après ça.

— Ah mais c'est exactement ça ! C'est le même article qui est visé dans les cas de nécrophilie ! Mais que voulez-vous, visiblement, la nécrophilie n'est pas punie dans notre pays, répondit-il en éclatant de rire. Et ne vous inquiétez pas, votre épopée a été tellement médiatisée que votre patron doit probablement savoir de quoi il en retourne à l'heure qu'il est.

— Et maintenant ? Qu'est-ce qu'il va se passer ?

— Ben vu vos déclarations à tous les deux, on va être obligé de faire une confrontation.

— Ah ?

— Ben oui, c'est bien beau de vouloir protéger l'autre, mais du coup, vous avez des versions divergentes. Bon, normalement j'ai pas le droit de faire ça, les cellules ne sont pas mixtes, mais je vais vous enfermer dans la même pendant un petit quart d'heure avant de faire la confrontation. Je vous conseille de vous accorder sur votre version des faits, ou mieux, de dire la vérité !

Chloé sourit. Le message était bien reçu.

***

--- Vu les propos divergents tenus par Monsieur MORTIER et Madame DEBREUIL lors de leurs auditions respectives, procédons à une confrontation entre les deux parties. ---

--- Question : Qui a pris l'initiative de voler les cendres de feu Aline DEBREUIL, alias JENNY ? ---

--- Réponse de Monsieur MORTIER : Le vol est à mon initiative. ---

--- Réponse de Madame DEBREUIL : C'est lui qui a eu cette idée, mais j'ai trouvé que c'était une très bonne idée, et j'ai décidé de l'aider et l'accompagner. ---

--- Question : Quel rôle avez-vous joué dans le cambriolage du funérarium ? ---

--- Réponse de Madame DEBREUIL : J'ai cassé la fenêtre à l'aide d'une pierre, Monsieur MORTIER a volé l'urne sur mes indications. ---

--- Réponse de Monsieur MORTIER : Je confirme. ---

--- Question : Aviez-vous conscience d'être dans l'illégalité en répandant les cendres ? ---

--- Réponse de Madame DEBREUIL : Oui ---

--- Réponse de Monsieur MORTIER : Oui ---

--- Question : Reconnaissez-vous être co-auteurs du vol, ainsi que de l'atteinte à l'intégrité d'un cadavre ? ---

--- Réponse de Madame DEBREUIL : Oui ---

--- Réponse de Monsieur MORTIER : Oui ---

--- Question : Avez-vous autre chose à ajouter ? ---

--- Réponse de Madame DEBREUIL : Ça valait le coup.-

--- Réponse de Monsieur MORTIER : Ça valait le coup.-

Fin

Remerciements

Merci à l'équipe de Noir d'Absinthe et notamment : Anne, notre correctrice, pour sa patience avec mon obsession des virgules et Morgane notre éditrice, véritable maïeuticienne littéraire.

Merci à ma maman, ma première fan et à ma sœur, destructrice des formulations douteuses.

À Laurc, pour ses suggestions, ses relectures et sa bienveillance. Merci de m'aider à penser différemment les choses.

Enfin, merci à toi, lecteur, c'est grâce à toi que Kévin continuera à vivre.

#freeBritney

De la même autrice

Immortel Ad Vitam
Roman Polar Fantastique

***Prométhée* (co écrit avec G.H. David)**
Roman Thriller romantique

Elisabeth, nouvelle parue dans le recueil ***La folie et l'Absinthe***
Nouvelle fantastique

Cernunnos, nouvelle dans l'univers d'***Immortel Ad Vitam***
Nouvelle fantastique

Aux éditions Fleur d'Absinthe

Sextape de Morgane Stankiewiez
Roman sentimental LGBT
Juillet 2019

Dix Minutes de Morgane Stankiewiez
Roman sentimental LGBT
Juin 2020

La fille qui danse de Lisa Soto
Romance féministe
Avril 2020

La Captive de Dunkelstadt de Magali Lefebvre
Romance gothique, novella
Septembre 2020

Prométhée de Cécile Pommereau et G.H. David
Thriller romantique
Octobre 2021

Higher than the sun de Frédérique Badoux
Romance gay
Juillet 2022